luftschacht

Das Abrollen der Reifen wurde laut, Sand wirbelte durchs Fenster.

Kaj stieg aus, lief ein paar Schritte und setzte sich auf einen Stein.

Die Straße zu beiden Seiten war leer, der Motor knackte, der Geruch der Reifen, Kondensstreifen am Himmel und in der Ferne Stromleitungen.

Winzige Skorpione umlagerten den Kadaver einer plattgefahrenen Schlange. Nie hätte Kaj geglaubt, jemals Skorpione eine Schlange fressen zu sehen.

Am Horizont nahm ein Wagen Gestalt an und schob sich durch die Ebene.

Die Frau am Steuer wandte ihm ihre Fliegenaugen zu. Ein Luftzug schlug Kaj ins Gesicht und der Wagen bremste. Das Getriebe krachte, und mit mehr Gas als nötig setzte der Wagen zurück. Die Scheibe wurde hinuntergefahren. Die Frau mit der Sonnenbrille und den geschminkten Lippen schob den Ellbogen aus dem Fenster.

Panne?

Kaj schüttelte den Kopf.

Stimmt etwas nicht mit deinem Freund? Er sieht so tot aus.

Ihm geht's gut.

Ihr Gesicht verschwand im Wagen.

Eine Hand erschien, schmal, mit langen Fingern und Altersflecken, und zwischen den Fingerspitzen steckte eine Zigarette mit grünem Filter.

Kaj nahm die Zigarette, die sie ihm anbot, und sagte: Für Feuer wecke ich ihn für Sie.

Die Fensterscheibe fuhr hoch. Die Räder drehten durch und die Hupe ertönte: tuutuuutuu!

Der Wagen fuhr auf die Pyramide zu, in deren Spitze sich angeblich die stärkste Lichtquelle der Welt befand. Kaj klemmte sich die Zigarette hinters Ohr. Léons Gesicht glänzte in der Morgensonne und sein nackter Fuß lag still an der Windschutzscheibe über dem Comicheft.

Sicher träumte Léon. Seit ein Mann ihm auf der Straße seine Karte zugesteckt hatte, um ihn zu Probeaufnahmen einzuladen, sprach Léon davon, Schauspieler zu werden. Nicht, dass er sich je für Film oder Theater interessiert hätte. Dabei war das sicher eine Abzocke gewesen. Irgendjemand versuchte ständig, ihnen irgendwas unterzuschieben.

In der Nacht hatte Léon Monologe über das Leben und das Licht der Pyramide gehalten. Dass das Licht an der Spitze der Gipfel dessen sei, was erreicht werden könne. Von dort aus schieße der Mensch seine Strahlen ins Universum. Ein exklusiver Club in der Spitze aus Glas. Die meisten Menschen bildeten das Fundament, über das die Glühenden steigen mussten, um auf die nächste Ebene zu gelangen und so weiter und so fort.

Kaj hatte nicht gewusst, wie er dem Wortschwall begegnen sollte, er musste auf die Straße achten, um keine Tiere zu überfahren.

Jetzt kamen Kaj die Worte falsch vor. Niemand musste über jemanden steigen, um irgendwohin zu gelangen. Die Pyramide stand auf dem Kopf.

Die ganze Nacht waren sie diesem Lichtstrahl gefolgt. Im Morgengrauen war das Licht erloschen. An der Seite von Léon fühlte sich Kaj jedes Mal wie ein Taxifahrer.

Ein Fleck schimmerte unter der Vorderachse des Wagens. Kaj beugte sich unter das Gefährt. Egal, wie neu oder makellos die Karosse war, von unten sahen sie alle wie Kakerlaken aus. Kaj konnte sich nicht vorstellen, warum der Wagen jede Stunde stehen blieb. Wegen Überhitzung? Auf der Temperaturanzeige war nichts zu erkennen gewesen, und es passierte auch nachts und am frühen Morgen, zur kühlsten Zeit. Kaj streckte sich, um die Stelle zu erreichen. Er tupfte mit dem Finger darauf. Er roch an den Fingerspitzen, die nicht ölig waren, sondern weiß vom Kalk. Konnte an genau dieser Stelle schon einmal ein Wagen gestanden haben? Der Geruch von Öl war vielleicht Einbildung.

Das Dröhnen eines Lasters schreckte ihn auf. Sand wehte ihm von der Straße ins Gesicht. Der Laster wollte nicht aufhören vorbeizufahren. Kaj rieb sich den Sand aus den Augen, dann die Stelle am Hinterkopf, die er sich gestoßen hatte. Von der Rückwand des letzten Containers warf ihm ein roter Mund einen Kuss zu.

Léon würde die Pause einfach verschlafen. Er würde aufwachen, und es würde kein Problem geben, es würde sein, als wären sie durchgefahren. Kaj dachte an einen Film. Ein junger Mann hockt zusammen mit einem Ausbrecherkönig in einer Zelle auf einer Gefängnisinsel. Er weiß alles über seine letzte Flucht. Den ganzen ausgeklügelten Plan. Wie der Ausbrecherkönig es geschafft hat, die Wachen zu überlisten, das Alarmsystem zu umgehen, sich einen Weg durch die Geheimgänge zu bahnen, den Zaun zu überwinden und von der Insel zu schwimmen. Wie war der Ausbrecherkönig aus der Zelle entflohen?!

Etwas schlug auf dem Boden auf.

Da lag ein toter Vogel und glotzte mit einem Auge. Natürlich hatte niemand einen toten Vogel aus einem Flugzeug geworfen. Die Krallen waren zusammengeballt, der gebogene Schnabel stand offen. Ein Bussard, ein Habicht oder ein

Adler. Kaj kannte sich nicht aus. Auch ein Vogel musste sterben, es war nur konsequent, wenn es in der Luft geschah.

Der Spatzenkaiser

I.

I

Der Ball klatschte aufs Wasser und schlug Kaj gegen die Schulter.

Die Handballer spielten im Pool Wasserball. Abwechselnd ruderten sie mit den Armen in der Luft. Kaj gab dem Ball einen Stoß, dieser rollte zum Rand und plumpste in den Pool. Sofort entbrannte ein Kampf. Mit kräftigen Zügen stürzten sich die Handballer auf den Ball. Es platschte und spritzte. Sie drückten sich unter Wasser und griffen einander um die Hälse. Der Sieger schleuderte den Ball zur anderen Seite des Pools.

Der Hostelbesitzer baute den Grill auf. Ein massiger Mann mit blasser Haut, roten Rastas, Boxershorts, Sandalen und einem Camouflage-T-Shirt. Einmal in der Woche gab es eine Grillparty.

Das Hostel war der günstigste Ort, den Kaj sich vorstellen konnte. Überhaupt war die Stadt trotz des Glitzers und Prunks günstig. Getränke, Essen, Sex wurden zu Preisen angeboten, als wären es Kleinigkeiten.

Der Hostelbesitzer bürstete das verbrannte Fett vom Grill. Kaj fragte ihn, ob er Hilfe brauche.

Ich zahle nichts!

Ich will auch nichts.

Mein Junge, du willst mir helfen, das ist mehr, als ich will!

Links und rechts stiegen die Handballer aus dem Pool. Sie schrien miteinander, schüttelten ihre Haare und hinterließen eine Spur auf den Fliesen.

Bierdosen schimmerten in der Tiefe. Kaj hatte sich an diesem Morgen im Supermarkt gegenüber ein Zwölferpack besorgt und die Dosen im Pool versenkt.

Er sprang in den Pool und tauchte bis zum Grund.

Früher hatte er Angst vor solchen Sprüngen gehabt.

Die Sonne ließ den Grund erstrahlen, die Bierdosen glitzerten. Er schwebte, hielt den Atem an und atmete doch. Sein Herz klopfte wild.

☼ ☼ ☼

Alle rannten und schrien durcheinander. Einen nach dem anderen warfen die Handballer in den Pool. Es war schon spät, niemand lachte mehr. Michelle saß in ihrem Korbsessel und trank Bier. Sie hatte die Beine übergeschlagen. Sie wippte mit dem Fuß, ein Flip-Flop hing an ihren Zehen.

Kaj schwamm in die Mitte des Pools.

Aus dem Pool betrachtet wirkten die Handballer noch größer und bedrohlicher. Mit ausgebreiteten Armen standen sie vor und hinter den anderen Gästen. Rannten diese los, sprangen sie auf sie zu und griffen ihnen um den Hals und packten sie an den Armen und Beinen. Das sollte wohl lustig sein, was man an einem Pool eben tat, wenn es eine Party gab. Aber sie lachten nicht, sie grinsten nicht einmal.

Michelle hielt die Arme verschränkt und die Bierdose, die im Schein irgendeines Strahlers aufblitzte, gegen ihren Oberarm gepresst. Seit Michelle im Hostel wohnte, langweilte sich Kaj selten. Wenn sie vorbeiging, begleitete sein Blick die schmächtige Gestalt. Sie wurde nie von jemandem angesprochen, obwohl sie ihren Namen auf dem T-Shirt trug.

Im Licht des Pools konnte er ihr Gesicht sehen. Einer der Handballer stieß mit ihrem Korbsessel zusammen. Eine schwarze Haarsträhne fiel ihr in die Stirn.

Der Handballer machte Jagd auf eine Rothaarige. Sie rannte zwischen den umgeworfenen Liegestühlen, den Handballern mit den ausgestreckten Armen und den anderen Gästen, denen es gelungen war, sich aus dem Pool zu ziehen, umher. Ein Handballer erwischte sie an den Shorts. Sie rutschte mit ihren Leinenschuhen auf den nassen Fliesen aus und streckte sich zwischen den Beinen des Handballers aus, der sie zu Boden drückte. Zwei andere Handballer waren sofort bei ihm, und gemeinsam schoben sie die Rothaarige über die Fliesen zum Beckenrand und ließen sie hineinplumpsen.

Noch immer hatte niemand Michelle berührt. Sie saß in ihrem Sessel, während alle anderen dieses Spiel spielten, von den Handballern in den Pool geworfen zu werden, immer und immer wieder. Wenn es jemand schaffte, aus dem Pool zu klettern, standen schon zwei Handballer da.

Sie waren schnell und wachsam und schlugen koordiniert zu.

Michelle stellte die Dose vor sich auf den Boden. Ein Handballer rannte die Dose um. Das Bier spritzte gegen ihre Beine. Jetzt stand sie auf und schimpfte. Ein anderer Handballer stolperte und riss dabei den Korbsessel mit. Sie hob ihre Hände, nur ein wenig, auf Höhe ihrer Schultern. Dann ging alles ganz schnell. Ein Handballer ergriff sie am Oberarm, ein anderer umschlang ihre Oberschenkel und hob sie in die Höhe, und ein weiterer Handballer packte sie von hinten an den Haaren. Einen Moment lang standen sie einfach nur da.

Dann warfen die Handballer Michelle in den Pool.

Unter der Wasseroberfläche breitete sich das Haar wie Tinte um ihren Kopf aus. Sie tauchte direkt vor Kaj wieder auf, die Augen rot vom Chlor.

Putain, fluchte sie.

Dann gab sie Kaj einen Kuss und ihm war, als würde die Freiheit selbst ihn küssen.

Der Hostelbesitzer spritzte Benzin aus einer roten Plastikflasche in die Glut und eine Stichflamme fuhr auf. Schwaden von verbranntem Benzin und Fett zogen über das Wasser.

Kaj lief durch Berge von Flyern, trat auf Frauenkörper und Gesichter, geöffnete Münder und Augen mit künstlichen Wimpern.

Vor den Eingängen zu den Restaurants, den kleineren Spielhallen, den Bars, Cafés und Läden mit den Wasserflaschen in den Auslagen versuchten Ameisenbär und Berglöwe, Batman und Robin ihm etwas zuzustecken. Manche legten ihm die Hand oder Pfote auf die Schulter, um ihn irgendwohin zu führen. Andere waren mit den Flyern in der bloßen Hand und Löchern in den Turnschuhen gleichsam nackt, und das Lächeln in ihrem Gesicht war ihre einzige Verkleidung.

Ein heißer Wind trieb Flyer in den Ecken zusammen und auf die Straße und unter die Reifen. Hier und da stiegen sie in einer Windhose auf. Das Karussell verwehte, als der nächste Wagen vorbeifuhr.

Schuhe waren die Eintrittskarte zum Hotelkomplex, nackte Füße waren nicht erlaubt.

Die Luft war halb so warm wie draußen und es roch nach Popcorn. Eine Sirene ertönte: tatatataatataa! Gleichzeitig ein Geräusch, als hätte jemand Münzen in einen Blecheimer geschissen.

Kaj steckte seine Kreditkarte in den Schlitz des Automaten. Er tippte den Betrag ein. Der Automat gab einen Zettel mit der Aufforderung aus, zur Kasse zu gehen. Kaj wiederholte den Vorgang, nur dass er einen viel höheren Betrag, weit über seinem Limit, eintippte.

Die Kassiererin mit Schlips und pomadigem Seitenscheitel holte den Anforderungsschein über einen Drehmechanismus zu sich in die Kabine. Über das Mikro fragte sie Kaj, wie er das Geld haben wolle.

Er legte seine Lippen an die Öffnungen im Panzerglas.

Kleine Scheine, sagte er und fand es lustig. Den zweiten Anforderungsschein behielt er in der Hand.

Auf dem Gehsteig vor dem Hostel wartete Michelle. Wie versprochen, würde er sie in die Table-Dance-Bar begleiten. Er zeigte ihr den Betrag auf dem Anforderungsschein und gab damit an, wie viel Geld er jederzeit besorgen konnte.

Warum hast du nicht?

Sie schien weder überrascht noch beeindruckt und hielt ihm ihre Bierdose hin. Durstig trank er den letzten, bereits warmen Schluck.

Als sie letzte Nacht zusammen gewesen waren, hatte Michelle ihm erzählt, wie ihr im Bus das gesamte Geld für die Reise gestohlen worden war. Seitdem empfand er in ihrer Nähe eine bedrückende Schwere.

Außerdem hatte Michelle ihm von dem Deal mit dem Hostelbesitzer erzählt: ein Blowjob für zwei Nächte. Der Deal galt für zehn.

Der Himmel ist heut so komisch.

Er hätte gern ihre Hand genommen, aber dafür war es zu warm, solange die Sonne schien.

Vor einem Laden, aus dem immer derselbe Song ertönte, stießen zwei Handballer einen Pinguin zwischen sich hin und her. Die Handballer glichen einander wie Zwillinge. Durch das Kostüm in seinen Bewegungen eingeschränkt, schlug der Pinguin nach ihren Gesichtern. Es gelang ihm sogar ein Glückstreffer, seine Hand landete flach auf einem Ohr. Der getroffene Handballer schlug sofort zurück und der Pinguin fiel um. Die Handballer schüttelten sich beim Weggehen vor Abscheu, oder vor Lachen. Blut lief aus der Nase des Jungen und befleckte die Brust des Pinguins. Der Song begann von Neuem, es war ein Song über die Sonne.

Er kann hier warten, sagte der Barbesitzer, aber nur, wenn er etwas trinkt! Sonst muss er raus! Die Klimaanlage, die Mädchen. Das kostet alles Geld! Jede Zehntelsekunde!

Er ist ein Freund von mir, sagte Michelle.

Für mich bitte ein Wasser, sagte Kaj. Mit Gas!

Braves Haustier, sagte der Barbesitzer, während er Michelle um die Taille fasste und sie fortführte.

Der Barkeeper stellte eine PET-Flasche vor Kaj hin.

Die ganze Reise über hatte Kaj sich gewünscht, ein Mädchen wie Michelle zu treffen. Jetzt war es passiert und er war nicht glücklich. Ihre Armut erinnerte ihn an seine eigene. Bis heute verstand er nicht, warum Léon ausgerechnet mit ihm auf diese Reise gegangen war. Vielleicht konnte ein reicher Mensch einen armen Menschen an seiner Seite besser ertragen. Michelle wollte an die Westküste, um Schauspielerin zu werden. Léon brauchte diesen Weg nicht zu gehen. Er würde zu Hause auf eine Schauspielschule gehen. Er würde ein junger Schauspieler werden und sich mit anderen jungen Schauspielern, Regisseuren und Autoren treffen. Vor allem mit jungen Schauspielerinnen, Regisseurinnen und Autorinnen. Gemeinsam würden sie einen Film drehen. Vielleicht würde Léon eine Produktionsfirma gründen, und in zehn Jahren würde es heißen, Léon habe es allein mit seinem Talent und seinem großen Willen aus dem Nichts zu einem der bedeutendsten Schauspieler und Filmproduzenten gebracht, und er würde Preise gewinnen und gefördert werden. Erst

Nachwuchspreise, später Ehrenpreise und irgendwann folgerichtig den Preis für das Lebenswerk. So würde es sein, wenn Léon sich entschließen würde, wirklich Schauspieler zu werden. Kaj nahm einen Schluck Bier. In Wahrheit würde Léon nichts davon tun. Ihn überkam das Gefühl, dass er schon lange genug mit Léon unterwegs war. Léon trug eine goldene Rüstung.

Er würde Léon bitten, das Auto wieder zu verkaufen. Dann würden sie den nächsten Bus zur Ostküste nehmen und den ersten verfügbaren Flug.

Auf dem Tresen tanzte ein Mädchen, deren Haut glitzerte, als habe sie sich in Diamantenstaub gewälzt. Ihr einsamer Tanz an der Stange kam Kaj wie ein Selbstgespräch vor.

Die Bar war nicht groß, es gab kaum einen freien Platz, in allen Ecken standen Tische, rotglänzende Hocker entlang des Tresens, nur die Spiegel vergrößerten den Raum.

Kaj stellte sich die Bar als eine Fabrik vor, in der Geld aus Raum und Zeit gebacken wurde. Irgendwo am Ende eines Fließbandes hob ein Roboterarm ziegelsteingroße Pakete vom Band.

Etwas stupste Kaj an der Stirn. Er blickte auf eine rote Schuhspitze.

Hast du nicht ein kleines Geschenk für mich?, fragte die Tänzerin mit einer Mäusestimme, drehte sich auf den Kopf und hielt mit geschlossenen Augen inne, bis Kaj ihr den Geldschein zwischen die Lippen schob.

☼ ☼ ☼

Nach Mitternacht kostete das Steak weniger als eine Schachtel Zigaretten. Die Ofenkartoffel gab es gratis, ebenso eine Auswahl an Softdrinks. Kaj schnitt sich einen Bissen vom Fleisch ab. Während er kaute, saß er sich selbst in einer anderen Dimension gegenüber, in der alles so ähnlich war wie in seiner eigenen, nur goldener.

Vielleicht waren wir im früheren Leben schlecht, sagte Michelle neben ihm, die das Steak bereits verschlungen hatte.

Kaj wischte sich etwas von der Lippe. Der goldene Spiegel war verschlissen, Flecken blieben auf dem Gesicht.

Ich mag dich! Sie lächelte ihn über den Spiegel hinweg an.

Kaj verspürte den Drang, sie über Léon aufzuklären.

Er kenne Léon aus der Fabrik. Gemeinsam haben sie Flaschen abgefüllt. Es stank. Die Anlage lief Tag und Nacht. Léon musste das Förderband mit leeren Flaschen bestücken, die vollen Flaschen verpacken und auf eine Palette stapeln, und Kaj musste die Behälter mit roten Deckeln und Etiketten wieder auffüllen. Die Würze war durch Schläuche aus dem oberen Stockwerk in die Abfüllanlage geflossen. Kaj musste darauf achten, dass die Flaschen richtig etikettiert waren, dass sie nicht in der Abfüllanlage stecken blieben oder umkippten. Das Glas zersplitterte immer, wenn eine Flasche schräg unter den Abfülldorn geriet, und alles spritzte auf die Maschine. Dann drückte er den Not-Aus-Knopf. Das passierte ein- bis zweimal pro Stunde. Die Arbeit war nicht schwer, die Maschine war nicht sehr laut, und man konnte sich unterhalten, ohne zu schreien. Alle zwanzig bis dreißig Minuten kam jemand mit einem Hubwagen und brachte eine neue Palette mit leeren Flaschen und nahm die vollen mit. Léon und er trugen Haarnetze und Schutzmasken. Die Sohlen schmatzten, wenn sie um die Maschine herumliefen. Es gab auch ein Radio. Nur der Gestank, der war unmöglich aus der Nase zu bekommen. Alles und jeder roch nach Arbeit, auch noch im Freien. Léon arbeitete wie alle anderen. Jeden Tag und immer bis zum Ende. Nach einer Woche kam jemand aus der Verwaltung den Flur entlang. Léon grüßte ihn, sie kannten sich. Als der Mann

Léon bat, ihn zum Mittagessen zu begleiten, zog Léon sein Haarnetz und seine Schutzmaske ab und warf sie in den Papierkorb. Er winkte zum Abschied, und die beiden verschwanden. Unmittelbar danach kam eine Arbeiterin und nahm Léons Platz an der Maschine ein.

Kaj hob das viereckige Fläschchen neben dem Salz- und Pfefferstreuer hoch. Er träufelte etwas von der Flasche auf seine Fingerspitze und sagte: Léon sind wir egal.

Was 'n da drin, fragte Michelle, die nicht so aussah, als ob sie zugehört hätte. Kaj spritzte auch einen Tropfen auf ihren Finger.

Eiweiß, Salzsäure und Lauge zum Neutralisieren.

Sie gingen schweigend nebeneinander her, Kaj hatte nichts zu trinken dabei, Michelle hatte ihre Wasserflasche leer getrunken. Er hätte ihr gerne noch etwas über sich erzählt, aber die Lippen spannten unangenehm.

Kaj erkannte den Pinguin an dem blassen Fleck auf der Brust. Ihre Blicke trafen sich, und Kaj nahm den Flyer, den der Pinguin ihm hinhielt, Werbung für Hotelzimmer mit gekühlten Wasserbetten. Kaj zerknüllte den Flyer und ließ ihn fallen. Michelle verschwand in einem Laden.

Als Michelle wieder herauskam, rief der Türsteher ihr etwas von Konsum nach; in den Geschäften durfte man eigentlich nur Trinkwasser aus den Spendern holen, wenn man auch etwas kaufte. Triumphierend zeigte sie die gefüllte Flasche. Kaj traute sich erst nicht, nach einem Schluck zu fragen. Aber dann begann sie zu erzählen, dass Léon letzte Nacht zu ihnen ins Zimmer gekommen sei und lange in der Tür gestanden habe. Mit riesigen Augen! Die Kinnlade war ihm runtergefallen. Dann hatte er die Tür hinter sich zugehauen. Du bist nicht mal aufgewacht.

Das hast du geträumt, sagte Kaj. Obwohl ihm klar war, dass es genau so passiert sein musste.

Gib mir einen Schluck.

Wir sind gleich da!

Es tut schon weh, sagte er.

Als Michelle ihm die Flasche reichte, war sie bereits ganz leicht.

Um dem Hostelbesitzer keine Genugtuung zu verschaffen, wartete Kaj draußen vor der Glasfront.

Drinnen unterhielt sich Michelle; sie fasste sich oft ins Haar und an die Stirn, während der Hostelbesitzer dastand und den Mund verzog.

Kaj erinnerte sich, wie er selbst Léon bei der Ankunft in die Rezeption nachgelaufen war. Das quietschende Fliegengitter und Léon, der den Scherz machte, dass die Fliegen sich hier in die Klimaanlage stürzten anstatt ins Licht.

Michelle klopfte an die Scheibe und winkte ihn herein.

Es ist so, dass hier jeder sein Bestes gibt, sagte der Hostelbesitzer, als Kaj eintrat, und Michelle kratzte sich am Handrücken. Dann sagte sie: Er will dir sagen, du musst bezahlen, wenn du bleibst. Sie wischte sich über die Nase.

Der Hostelbesitzer zog die Augenbrauen hoch, als Kaj die Kreditkarte vor ihn auf den Tresen legte.

Von dir nehme ich nur Bargeld, sagte der Hostelbesitzer, fasste sich ins Haar, zog etwas heraus und zerrieb es zwischen den Fingern. Dann streckte er Kaj die Hand entgegen und forderte den Pass als Sicherheit.

Einen Moment lang hatte Kaj geglaubt, er wolle ihm die Hand schütteln.

Das Fliegengitter quietschte und Michelle war nach draußen verschwunden.

Kaj zog die Umhängetasche hervor, die er immer dicht am Körper trug. Sicherlich spielte Léons Abreise für den Hostelbesitzer auch eine Rolle. Als schlechtes Omen, dachte Kaj.

In der Nacht wurde Kaj von einem Traum gequält. Er liegt auf dem Bett in seiner Wohnung. Es ist Morgen und es ist Winter. Er erkennt die Jahreszeit an dem Licht, das auf der Wand ein Muster bildet. Nur im Winter und während einer kurzen Zeitspanne am Morgen kann die Sonne auf diese Weise in sein Zimmer scheinen, zwischen zwei Hochhäusern und vorbei an Bäumen, die im Winter kahl sind. Neben ihm sitzt Michelle auf einem Stuhl, den sie ans Bett herangezogen hat. Sie sitzt da wie ein Arzt bei einem Kranken und zerbeißt sich mühsam die Lippen, die Hände an seinem Hals. Kaj öffnete die Augen. Michelle lag an ihn geschmiegt, ein Fuß an seinem Fuß, und ihr Atem war leicht. Sie schien fest zu schlafen, ohne sich ihrer mörderischen Absicht bewusst zu sein, und doch war er gegen sie aufgebracht. Er hätte sie gern zur Rede gestellt.

Die Wasserpumpe plätscherte im Pool. Irgendwo Schritte. Menschen, die sich unterhielten, Lachen und das Gegröle von Betrunkenen. Straßenverkehr, der sich nur selten lichtete.

Wir könnten in 'ne richtige Wohnung. Ist am billigsten. Besser, als so 'n Zimmer.

Sie redete, als ob sie nie geschlafen hätte.

Noch fünf Tage, dann gehe ich fort, flüsterte Kaj. Mit dem Bus an die Ostküste und dann mit dem ersten Flug.

Er spürte ihren Atem, und er fühlte, wie sich ihre Haut zusammenzog, als würde Michelle schrumpfen, zu einer Mumie.

Irgendwo in der Nacht wurde ein Feuerwerk gezündet.

Diese Worte des Hostelbesitzers wollten Kaj nicht mehr aus dem Kopf gehen. Was könnte das sein, sein Bestes?

Er spürte, wie ihr Kopf an seiner Brust ruckte.

Wäre echt mal dumm, hörte er Michelle und ihr Lachen fast lautlos, und kaum hatte sie den Satz ausgesprochen, war sie wieder eingeschlafen, und ihr Atem ging so leicht, als wäre nichts geschehen.

Kaj war froh, es ihr gesagt zu haben, und er bekam Lust, dem Morgen entgegenzugehen.

Aus den Bars wurde der Sand auf die Straße gekehrt. Das Licht erlosch, die Spitze der Pyramide verglomm, ein Windhauch aus dem Nichts wehte über die Stadt.

Ein Einhorn mit aufgerissenem Knie hockte an der Fassade und schlief, den Stapel Flyer in der Hand. Aus einer Seitengasse floss ein Rinnsal, jemand pisste und sang vom Licht der Sterne.

In den letzten Monaten mit Léon war Kaj vielen Reisenden begegnet, die allein unterwegs waren, obwohl sie mit jemandem losgezogen waren.

Schon vor der Reise war Léon kein richtiger Freund gewesen. Nur einer mit mehr Möglichkeiten, mit mehr Freiheit als er, mit dem er hatte reisen können, ohne Angst haben zu müssen.

Es kennt die Unfreiheit nicht, der die Freiheit nicht kannte.

Ein Gefühl überkam Kaj, wie schon im Pool, als er nach den Dosen getaucht war, ein Prickeln am ganzen Körper.

Vor zwei Jahren ungefähr hatte er das schon einmal gespürt.

Morgens auf dem Weg zur Frühschicht. Im Abteil die vielen Übernächtigten. Jung, wie er selbst, mit starren Augen und feuchten Lippen. Den Kopf einander auf die Schulter gelegt oder in den Schoß, die Beine angezogen. Der Dunst von Alkohol, Deodorant und Kaugummi. Musik im Ohr, in sich hineinlächelnd.

Die anderen, die wie er früh zur Arbeit gingen, vertieft in Zeitungen oder ihr Blick klebte an etwas und sie hingen an irgendeinem Gedanken oder schliefen mit geschlossenen oder offenen Augen.

Je weniger er schlief, desto wacher war er.

Das war immer schon so. Als ob ihm die Frühschicht im Blut liege.

Sein Gesicht an diesem Tag in der Scheibe, dahinter der Wald, darin auch die Mitfahrenden.

Nach dem Wochenende kostete es ihn die meiste Überwindung.

Es war da noch nicht lange her, dass er in der Fabrik angefangen hatte. An diesem Morgen trug er noch die erste Lohnabrechnung in seinem Rucksack: Grundlohn, Akkordzulage, Nachtschichtzulage; eine unerwartet hohe Summe. In seinem ersten Monat hatte er zwei Nachtschichten eingelegt.

Er nahm sich eine Zeitung von der Ablage. Jemand musste sie dort liegen gelassen haben. Es waren nur ein paar Seiten, und die waren so zusammengerollt, als hätte jemand eine Fliege damit erschlagen. Eine Seite mit einem Foto; eine Schwarz-Weiß-Aufnahme, auf der die Rücken dreier Männer zu sehen waren, die auf dem Dach eines altmodischen Lastwagens saßen, vor dem ein Pferdchen angeschirrt war. Nebenher lief ein Mädchen mit einer Pfanne in der einen und einem Holzlöffel in der anderen Hand. Auf der Pritsche lag ein gewaltiger Haufen einer undefinierbaren Masse.

Die Unterschrift lautete: *Die Ausrottung der vier Plagen. Das Mädchen Chang schwingt seine Instrumente.*

Er konnte keine Details in der Masse erkennen, auch wenn er das Foto nah an seine Augen hielt. In diesem Moment wurde es hell im Abteil. Der Zug war in den Bahnhof eingefahren. Jetzt erblickte er die für diese Vögel so typische Keilform. Auf der Pritsche türmten sich zu Tausenden tote Spatzen.

Da war ihm dieser Satz eingefallen: *Es kennt das Unglück nicht, der das Glück nicht kannte.*

Schon vor Sonnenaufgang standen die hartnäckigsten Spieler an den einarmigen Banditen. Saugmaschinen fuhren die Gänge entlang und reinigten den Boden, bevor die nächste Ladung Menschen ihn wieder mit Sand, Popcorn und Chips verschmutzte. Vor dem Automaten war noch keine Schlange. Kaj holte die Kreditkarte aus der Umhängetasche und stellte fest, dass der Notschein verschwunden war, der sonst kleingefaltet hinter der Karte steckte. Michelle kam ihm in den Sinn. Der Geldschein konnte aber auch einfach herausgefallen sein, er wollte es nicht glauben.

Die Karte sei abgelehnt, lautete die Meldung auf dem Monitor des Automaten.

Nach dem dritten Versuch gab er auf und lief zum Schalter, am ganzen Körper zitternd. Diesmal saß eine grauhaarige Frau hinter dem Panzerglas, ihre Oberlippe war von einem dunklen Flaum bedeckt.

Über den Drehmechanismus holte sie die Karte zu sich in die Kabine. Dann zog sie die Karte durch einen Scanner. Sie tippte etwas auf der Tastatur. Dann öffnete sie eine Schublade, nahm eine Schere heraus und zerschnitt die Karte.

So sehr Kaj auch durch die Löcher im Panzerglas auf die Kassiererin einredete, sie reagierte nicht und ihr Gesicht blieb vom ihm abgewandt.

Der weiche Teppichboden dämpfte seine Schritte. Das wirkte beruhigend, im Gegensatz zum Licht, das von draußen durch die oberen Fenster drang, und dem Klirren und Summen aus den Spielhallen. Es war schlimm, das wusste er, nur fand er nicht recht ein Gefühl dafür. Jede Richtung, die er hätte einschlagen können, schien falsch, und nichts war hilfreich.

Draußen war es nicht besser. Schon nach ein paar Minuten auf der Straße klebte die Oberlippe an der Unterlippe. Die Haut war ölig und die Stirn behielt keinen Tropfen. Als er sich mit der Hand über die Lippen fuhr und das Blut auf seinem Handrücken sah, kamen die Sorgen. Der Durst, das wusste er schon, kam immer dann, wenn es zu spät war.

Drei Handballer grinsten ihn aus denselben platten Gesichtern an, mit farbigen Streifen unter den Augen und über den Nasen. Sie standen um einen Getränkeautomaten herum.

Ohne seine Schritte zu verlangsamen, streckte Kaj ihnen den Mittelfinger entgegen.

Allmählich wurden seine Gedanken wieder klarer. Er versuchte im Kopf buchzuführen, es kam nur ein Fehler der Bank in Frage. Kurz gewann er das Gefühl von Kontrolle zurück und Handlungen reihten sich vor ihm auf, mit denen er den Fehler beheben würde. Er musste auch an die vier vollen Wasserflaschen denken, die im Hostel unter dem Bett lagen.

Eine Dose polterte neben ihm über den Gehsteig.

Als er sich umdrehte, sah er die Handballer auf sich zustürmen. Einen Moment lang war Kaj unschlüssig, ob es nicht besser wäre, wegzulaufen. Dann stieß ihn ein Handballer mit Gewalt zurück. Der andere Handballer traf ihn mit der Faust am Arm. Ein anderer Handballer rammte ihm sein Knie in die Seite. Kaj war so überrascht, dass er nicht einmal mehr die Arme heben konnte, er drehte die Schultern ein, damit die Schläge ihn nicht am Kopf trafen. Er wurde in eine Seitengasse geschleudert und schlug mit der Wange auf dem Boden auf. Ein anderer Handballer stellte ihm den Fuß auf die Brust und einer trat ihm ins Gesicht.

II

Den Blick auf den Boden gerichtet, schlich Kaj an den Häuserfronten entlang. Seine Hände waren blutig, das Hemd und die Shorts fleckig. Fehlte ihm ein Zahn? Er hatte noch nicht gewagt, danach zu tasten. Ein Stand mit Waren vor einem Geschäft zwang ihn, sich unter die Menschen zu mischen. Sandalen, Espadrilles, Flip-Flops, Segeltuch- und Lederschuhe. Etwas hinderte ihn, jemanden um Hilfe zu bitten. Wie lange war es her, dass er etwas getrunken hatte? Wenigstens hatte er noch seine Schuhe.

In den Auslagen und hinter den automatischen Türen, in Gläsern auf den Tischen der Bars und Restaurants, in Plastikflaschen in den Händen und an den Rucksäcken der Touristen, sogar versenkt in Wänden und unter dem Beton, in Rohren, tief vergraben im Sand, überall gab es Wasser.

Das Schlimme am Durst hier war der Glaube, dass es einfach wäre, ihn zu stillen.

Es sei unfair, während einer Ohnmacht zu verdursten, kam ihm in den Sinn.

Vielleicht wartete ja Michelle im Hostel auf ihn.

Die Sonne war vom Horizont verschwunden. Ein Schaufenster erstrahlte, und als Kaj aufblickte, war auch die Reklametafel des Hostels erleuchtet. Trotz der Menschenmenge, die ihn umgab, fühlte er sich hier allein genug, um stehen zu bleiben und nach dem Hostel zu spähen.

Im Wohnbau brannte das Toilettenlicht, das immer nachts leuchtete.

So ruhig war es rund um das Hostel seit Tagen nicht mehr gewesen. Auch am Pool war niemand zu sehen. Vielleicht waren die Handballer schon weg. Er würde trinken und sich waschen und im Bett auf Michelle warten, sicher war sie noch unterwegs, sicher konnte sie ihm Geld leihen. Er suchte mit der Zunge die Zahnlücke.

Die Tür der Rezeption sprang auf und heraus trat der Hostelbesitzer, nackt bis auf die Hosen. Mit seinem gewaltigen Schädel war er unverkennbar. Am Rand des Pools stieg er aus den Sandalen. Der Zopf aus Rastas ließ ihn im Halbdunkel noch mächtiger erscheinen. Kaj war erschrocken über die Eleganz seines Sprungs, und er erinnerte sich an seine eigenen Sprünge; er selbst war auch nicht gerade unsportlich, nur hatte er nie wirklich etwas gelernt, weder springen noch schwimmen noch boxen oder eine andere Art, sich zu verteidigen.

Der Hostelbesitzer schwamm mit schaufelnden Bewegungen. Nach jedem zweiten Zug holte er Luft und ein asthmatischer Pfiff erklang. Am Ende der Bahn vollführte er eine Wende, wie Kaj sie aus dem Fernsehen von Schwimmwettkämpfen kannte. Mit einem Mal hörten die Bewegungen auf, und während das Wasser in alle Richtungen floh und über den Rand schwappte, hob und senkte sich in der Mitte des Pools der Hostelbesitzer.

Ich kann Hitze nicht ausstehen! Von der Sonne bekomme ich Geschwüre, rief er in die Nacht.

Kaj spürte die Wunden, das Brennen an den offenen Stellen und das Pulsieren im Mund. Ihm schien, dass der Hostelbesitzer nicht mit ihm sprach, sondern sprach, um nicht mit ihm sprechen zu müssen.

Komm schon, Junge! Der Hostelbesitzer hob die Hand aus dem Pool und winkte Kaj zu sich.

Als Kaj zum Beckenrand ging, um nach der Hand zu greifen, die der Hostelbesitzer immer ungeduldiger nach ihm ausstreckte, hatte er das Gefühl, dass es sich um eine Falle handelte und der Hostelbesitzer versuchen würde, ihn mit in den Pool zu ziehen. Er griff nach der Hand, und einen Moment lang spürte Kaj, wie das ganze Gewicht des massigen Körpers an ihm zerrte.

Wassertropfen prasselten zu Boden.

Der Bauch war mit unförmigen Flecken übersät, einige von der Größe einer Brustwarze.

Der Hostelbesitzer wischte sich mit den Händen über Gesicht und Arme. Chlorgeruch erfüllte die Luft.

Kaj beobachtete das Spiel der Muskeln unter dem Fett, bewegte Muskelknoten und Sehnenstränge. Als ob es im Körper des Hostelbesitzers einen zweiten gäbe.

Der Lichtschalter klickte und der Hostelbesitzer nahm seinen Platz hinterm Tresen ein.

Er schlug das Anmeldebuch vor sich auf.

Kaj verschränkte die Arme, damit das Zittern aufhörte. Der Luftzug der Klimaanlage fuhr ihm in den Nacken. Wann würde er endlich in sein Zimmer kommen, wann zu seinen Flaschen unter dem Bett? Fast hätte er nach Michelle gefragt.

Mein Junge, hier steht, dass du kein Zimmer mehr hast, sagte der Hostelbesitzer, ohne aufzusehen.

Kaj hatte gehofft, bis zum nächsten Morgen nicht über die offene Rechnung sprechen zu müssen. Bis dahin wäre das Problem vielleicht gelöst und Léon zurück.

Der Hostelbesitzer ließ seinen Finger über die Seite gleiten, offensichtlich hatte er beschlossen, Kaj nicht weiter zu beachten, und er erzählte sich selbst, dass der Tag heiß und die Nacht unerträglich war. Wie die Leute nachts herumirrten, fraßen und spielten und fickten und das Geld für alles ausgaben, was die Sonne ihnen tagsüber in die Luft malte. Tagsüber brauchten sie Pools und Zimmer mit Klimaanlage, Eis und eiskalte Getränke. Wenn nur die ganze Welt eine Wüste wäre, stöhnte er, ohne den Kopf zu heben.

In diesem Moment entdeckte Kaj seinen Rucksack im Abstellraum hinter dem Hostelbesitzer, und an der Wand aufgereiht standen die vier vollen Flaschen.

Kaj fühlte sich schlecht. Aus irgendeinem Grund waren seine Augen verklebt, und es fiel ihm schwer, zu blinzeln. Er hörte sich fragen, ob das dort nicht sein Wasser sei.

Der Hostelbesitzer schaute vom Buch auf, steckte den Zeigefinger in den Mund und lutschte daran.

Das Wasser war ruhig, der Pool strahlend. Auf dem Strip standen die Wagen im abendlichen Stau und rauchten Abgase.

In Kajs Augen stiegen Tränen auf. Er zwang sich, nicht zu weinen. Als Kaj sich nach dem Hostelbesitzer umsah, las der immer noch mit nacktem Oberkörper in dem Buch.

Kaj ließ sich in den Pool fallen.

Das Chlor brannte in den Wunden, als ob er in ein Fass mit heißem Fett gestürzt wäre.

Er kämpfte gegen den Drang an, den Mund zu öffnen und das Wasser zu trinken. Sein Herz klopfte wild.

Zwei Bierdosen steckten in dem Gitter, das die Pumpe schützte. Wie gerne wäre Kaj jetzt hier unten geblieben.

In einer Seitenstraße suchte sich Kaj einen geschützten Ort. Er setzte sich auf den Absatz vor einer zubetonierten Tür. Er riss die erste Dose auf und trank sie in zwei Zügen aus. Vielleicht wäre es besser, einen Vorrat für Notfälle anzulegen. Dann aber sagte er sich, dass dies der Notfall war, und riss auch die zweite Dose auf.

Er zog das Hemd aus und rieb den Stoff aneinander in der Hoffnung, die Flecken herauszubekommen. Ob das Chlor seine Wunden desinfizieren konnte? Es brannte, als wäre das so.

Eine Gruppe von Feiernden kam die Gasse entlang, und Kaj verbarg das Gesicht in seinem Hemd.

Einmal, als Kind, war er mit seinem Vater durch den Park spaziert. Ein zerlumpter Mann hatte unter einer Straßenlaterne auf der Geige gespielt. Ein Mädchen kam angelaufen und warf dem Geiger eine Handvoll Münzen in den Hut, die ihre Mutter ihr zugesteckt hatte. Das Mädchen mit den springenden Locken, das Geräusch der Münzen, die aus der Hand fielen, die so klein war wie seine eigene, und wie der Mann sich verbeugte, ohne sein Spiel zu unterbrechen. Das alles gefiel ihm sehr und er wünschte sich, auch er könnte Münzen von seinem Vater zugesteckt bekommen. Doch bevor er seinen Blick von dem Mann mit der Geige abwenden konnte, um den Vater darum zu bitten, flüsterte dieser ihm zu: Wenn ich dich jemals beim Betteln erwische, egal wie und bei wem, egal wie alt ich bin, dann bringe ich dich um. Sie gingen weiter, und Kaj wagte nicht mehr, sich nach dem Geigenspieler umzusehen. Die Geige war immer noch zu hören, als der Vater auflachte und in den Park hineinsprach: Wenn dein alter Vater sich die Mühe machen würde, dich zu erschlagen, kannst du dir auch die Mühe machen, zu arbeiten.

Die Schritte waren nun auf seiner Höhe, und Kaj zog die Beine an. Wie gern würde er spielen können. Wie schön wäre es, so eine Geige zu haben. Warum hatte der Vater den Mann einen Bettler genannt? Frauenstimmen hallten wider und harte Schritte von Schuhen mit festen Sohlen.

Als Kaj aufblickte, war die Gasse leer, und er knöpfte sein Hemd zu. Die Blutflecke waren gebleicht und sahen jetzt aus wie Himbeersaft.

Die Gäste in der Schlange vor der Bar rochen. Einige versuchten ein Gespräch mit dem Barbesitzer zu beginnen, der neben dem Eingang rauchte, aber er reagierte nur auf die Rufe des Türstehers.

Die Tür knallte auf, und es hörte sich an, als würden Dutzende von Hämmern auf Schmiedeblöcke schlagen. Kaj wurde von einem Laserstrahl getroffen. Im Inneren der Bar tropften Wolken aus Trockeneis von der Decke, und Beine schraubten sich an Stangen hoch. Die Tür zur Bar schloss sich, und der Laserstrahl brach zusammen mit dem Musikgeräusch ab.

Kaj musste an seine eigenen Zigarettenpausen im kalten Hinterhof der Fabrik denken. Der warme Luftzug aus der Halle, Melasse, Fett und Säure, es roch nach tausend Rülpsern. Ein Holzklotz als Stopper und die Geräusche der Maschinen. Alles und jeder war ihm gleichgültig gewesen. Wie lange hatte er gebraucht, um sich in der Fabrik, außer für die Arbeit und den Lohn, für etwas anderes zu interessieren. All diese Leute in ihren mal grünen, mal weißen Papieranzügen, mit den Haarnetzen und den Masken. Die ödesten Arbeiten hatte er ausgeführt, ohne auch nur ein Gespräch mit den anderen zu suchen. Stundenlang gegen einen Sack zu treten, damit die Trockenmasse gleichmäßig hinabrieselte. Völlig in Gedanken versunken, darauf konzentriert, die Zeit hinter sich zu bringen und wieder gehen zu dürfen. Kein einziges Wort zu irgendjemandem. Nicht in der Kantine, nicht in der Umkleide, nicht auf den Fluren. Keine Gestalt, die er hätte erkennen können, außer an ihrer Arbeitskleidung, in welcher Abteilung der Fabrik sie arbeitete. Bis er eines Nachts einen nackten Arm sah. Einen schlanken Arm, der aus dem grünen Stoff herauswuchs und in einem weißen Gummihandschuh, schmal wie ein Zweig, verschwand. Den Arm einer Arbeiterin mit hohen Wangenknochen und schwarzen Augen mit dichten Wimpern. Mit einer Schürze, nackten Beinen und weißen Socken in Holzpantoffeln. Sie war diejenige, die er gesehen hatte. Sie hatte ihn nicht gesehen. Gesehen zu werden war vielleicht die einzige Teilnahme, die man erwarten konnte. Vielleicht würde er Michelle in der Bar finden, aber sie würde ihm vielleicht nicht helfen wollen.

Der Barbesitzer schnippte seine Zigarette zur Seite. Der glühende Stummel flog in hohem Bogen auf Kaj zu und traf ihn an der Stirn. Im nächsten Moment sah er den Barbesitzer mit ausgestreckten Armen auf sich zukommen. Eine Gruppe von betrunkenen Männern mit Partyhüten lachte. Der Barbesitzer legte seine Hände an Kajs Gesicht, und er befürchtete schon, der Barbesitzer wolle ihn küssen; die Ringe an seinen Fingern waren kalt und ließen Kaj an die Prügel denken, die er kassiert hatte.

Kaj erwachte aus der Starre. Sein Gesicht, die Muskeln, die Haut, die Lippen, alles wurde plötzlich von Empfindungen durchflutet, als wäre er die ganze Zeit über nur eine Holzpuppe gewesen. Endlich riss er sich los. Der Barbesitzer schnipste dreimal mit den Fingern in die Luft: schnipschnipschnip!

In meinem Laden gibt es das kälteste trinkbare Bier! Ich wäre enttäuscht, wenn du es nicht genießt. So etwas Geschmeidiges wie mein Bier ist nämlich noch nie jemandem die Kehle hinuntergelaufen.

Nicht ein einziges Mal hatte der Barbesitzer ihn wirklich angesehen. Nicht mal, als sich ihre Nasenspitzen fast berührt hatten. Selbst jetzt, als ihm das Bier von irgendwoher gereicht wurde und er es Kaj in die Hand drückte, wanderte sein Blick sofort hinab zu den Schuhen.

Ich wollte nur wissen, ob Michelle heute arbeitet. Kaj hielt den Styroporkörper, der das Bierglas umschloss, mit beiden Händen fest. Denn sie ist meine Freundin! Glattes schwarzes

Haar. Sie ist Europäerin und spricht mit einem Akzent. Er lächelte den Barbesitzer in der Hoffnung an, dass dieser ihn wiedererkennen würde.

Der Barbesitzer klopfte Kaj auf die Schulter und ließ ihn stehen.

Ich wünsche dir Glück bei der Suche, rief er ihm noch zu, dann öffnete der Türsteher die Tür und der Barbesitzer verschwand im Nebel. Kaj wurde wieder von dem Laserstrahl getroffen, und Hammerschläge töteten die Nacht.

Einige Betrunkene aus der Gruppe mit Partyhüten grölten ihm etwas zu.

Kaj schaute an sich hinunter, die Wunden an den Knien traten deutlich hervor, auch der Schorf auf seinem Handrücken. Natürlich nahmen jetzt alle möglichen Raubtiere und Aasfresser seinen Geruch auf.

Kaj nippte an dem Bier und ging weiter, wobei er versuchte, nicht zu hinken.

☼ ☼ ☼

Die Schlaflosigkeit des Tages nahm Kaj mit in die Fabrik. Die Tore der Fabrikhallen saugten ihn am Abend in die Wärme, aber nicht zum Schlafen. Die Fabrik täuschte die Sicherheit eines gemachten Bettes nur vor. Die Schlaflosigkeit des Tages begleitete Kaj jede Nacht. Die Nacht war für ihn der Zustand der verschleppten Schlaflosigkeit. Kaj hatte die Schlaflosigkeit aus der Fabrik mit auf die Reise genommen. Sie war sein täglicher Begleiter. Hier, in der Wüstenstadt, wurde sie durch die Angst vor dem durstigen Tag ergänzt.

Die Straßen füllten sich bereits für das Nachtgeschäft, und die großen Casinos begannen mit ihren Lichtshows. Die Pyramide schoss ihr Licht zu den Sternen.

Am ersten Tag in der Stadt hatte Kaj einen Kojoten bemerkt, der sich auf der Straße herumtrieb. Niemand sonst hatte sich für den Kojoten interessiert. Am Ende war Kaj dem Kojoten aufgefallen, und der Kojote hatte kehrtgemacht und war davongestelzt.

Kaj blieb vor dem Schaufenster einer Pfandleihe stehen. Er spiegelte sich in einem silbernen Tablett, ein Spiegel aus einer anderen Zeit, einer anderen Welt. Aus dieser anderen Welt blickte ihm sein Gesicht mit müden Augen entgegen, eine Schramme über dem Jochbein, aufgerissene Lippen. Er hatte schlimmere Gestalten als sich in den Straßen gesehen. Auch für sie musste es ein Leben geben. Léons Spiegelbild würde verwegen aussehen! Léon fuhr jetzt einen Highway entlang oder saß in einer Bar vor einem Bier oder einem Cocktail mit Eiswürfeln.

In dem silbernen Spiegel lief der Pinguin vorüber.

Kaj drehte sich nach ihm um, aber der Pinguin war gerade in einem Geschäft verschwunden.

Aus einem anderen Geschäft trat ein Einhorn, ohne zu zögern ging es auf eine Gruppe ausgelassener Touristinnen zu und drückte der vordersten einen Flyer in die Hand, die ihn sofort zerknüllte und fallen ließ. Überall traten jetzt die Verteiler in ihren mehr oder weniger aufwendigen Kostümen hervor. Der Strip verwandelte sich in die Heimat von Fabelwesen und Comicfiguren. Sie traten aus den Geschäften heraus oder erhoben sich von ihren Ruhestätten. Wonderwoman, Thor und ein Eisbär, Pinocchio und ein griechischer Gott.

Kann ich dir helfen? Du siehst aus, als hättest du dich im Laden verirrt. Der Ladenbesitzer nahm die Hände von der Theke, und seine Schultern waren so schmal, dass es für Kaj aussah, als würden die Arme das Gesicht strecken.

Vor Ihrem Laden verteilt niemand Flyer.

Das ist richtig.

In den Regalen standen Kartons und Schachteln in allen Größen mit asiatischen Schriftzeichen. Kaj fühlte sich unwohl.

Du hast eine Fahne und bist nicht wirklich anziehend. Was sind das für rote Flecken? Der Ladenbesitzer beugte sich über die Theke, wobei einzelne graue Haarsträhnen, die er hinter die Ohren gestrichen hatte, wieder hervorfielen. Ich will deine Schuhe sehen!

Kaj hob erst den einen, dann den anderen Fuß.

Der Ladenbesitzer formte mit seinen Lippen eine Art Lächeln. Er stützte sich mit den Ellbogen auf die Theke, dann zeichnete er mit seiner langen Hand und einem Finger, der so dünn wie ein Fühler war, einen Kreis in die Luft.

Kaj wirbelte einmal herum. Neben dem Eingang stand ein Wasserspender. Als Verteiler würde es ihm bestimmt erlaubt sein, in der Pause einen Becher zu trinken.

Der letzte Verteiler ist mir gestern sofort wieder davongelaufen, sagte der Ladenbesitzer. Er hat sich darüber beschwert, dass das Kostüm im Schritt kneift. Was soll ich machen, das Kostüm gibt es nur in einer Größe! Ich zahle fünf am Tag! Für jede Person, die mit einem Flyer in den Laden kommt, 10 Cent! Für jede Person, die etwas kauft, weitere 20 Cent! Wenn nach einem halben Tag nichts passiert, bist du raus und bekommst die Hälfte des Tageslohns, für die Mühe. Der Ladenbesitzer zog ein rot-blaues Stoffbündel unter dem Tresen hervor, darauf lag ein Tonfa aus Hartgummi, wie es die Polizisten am Gürtel tragen, mit einem Smiley-Aufkleber. Bist du im Besitz einer Arbeitserlaubnis? Sonst bekomme ich einen Zehner Pfand! Der Ladenbesitzer klopfte mit der flachen Hand auf das Kostüm.

Die ganze Zeit über hatte Kaj keinen Schmerz gespürt, jetzt tat es wieder weh. Als er rückwärts zum Ausgang ging, tat er so, als sei er überrascht, dass er keine Brieftasche bei sich trug. Hartnäckig versuchte er, den Wasserspender zu ignorieren. In einer halben Stunde würde er zurück sein, sagte er. Spätestens!

Ich verspreche dir nichts. Das Kostüm ist begehrt! Aber du kannst es versuchen. Ich bin ja hier. Ich bin immer hier!

☼ ☼ ☼

Einmal hatte Léon ihm geholfen. Es ging um eine Kiste mit Ausschussware. Die Kiste stand am Ausgang der Halle mit den Förderbändern. Jemand hatte die Kiste wohl während der Frühschicht dort abgestellt. Jeder, der die Fabrik verließ, musste daran vorbeigehen. Als Kaj davorstand, griff er hinein und zog eine Packung mit Brühwürfeln heraus. Der Karton war zerrissen, die Brühwürfel noch brauchbar, nur zwei waren ein wenig verbeult. Plötzlich hatte Léon ihn von der Seite angesprochen und ihn gewarnt: Er solle die Brühwürfel besser zurücklegen, denn die Kiste sei eine Falle, hatte er gesagt. Sie wollen überprüfen, ob ihr Eigentum von euch respektiert wird.

Kaj hatte nicht verstanden.

Er solle sich einfach mal etwas einstecken. Dann werde er schon sehen! Draußen würden sie ihn erwarten. Er würde seine Taschen leeren müssen und dann kurzerhand entlassen werden. Du darfst dich gerade noch umziehen. Sie begleiten dich zum Ausgang. Das war es dann für dich! Nie wieder setzt du auch nur einen Fuß in die Fabrik!

Kaj sah nicht, ob Léon grinste und es ein Scherz war, aber Léon hatte die Augen bei jedem Satz weit aufgerissen.

Kaj ließ die Brühwürfel zurück in die Kiste fallen und ging zu seiner Maschine.

Kaj hob einen Sack von der Palette, stülpte ihn über das von der Decke hängende Rohr und zog den Sack fest. Dann drückte er auf den Knopf, und die Masse fiel in den Sack. Er stieß mit dem Fuß gegen den Sack, noch lustloser als sonst, damit sich die Masse gleichmäßig verteilte. Manchmal warf jemand einen Blick in die Ausschusskiste, aber niemand steckte etwas ein. Nach einer Weile wurde es Kaj langweilig, die Kiste zu beobachten, und er schaute sich nach der Arbeiterin mit den hohen Wangen und den schlanken Armen um. Sie verpackte Puddingpulver an der Dessertstraße.

An der Farbe des Staubes, der sie umwehte, konnte Kaj erkennen, was gerade dran war: Vanille, Schokolade oder Erdbeere.

Kaj wusste bereits, wie sie unter der Schutzmaske aussah. Er hatte sie in der Kantine an ihrer Figur erkannt. Er hätte sich gerne mit ihr unterhalten. Aber er hatte gehört, dass die Leitung es nicht mochte, wenn die Arbeiter etwas miteinander anfingen. Also stellte er sie sich nackt vor. Er stieß mit dem Knie und der Schuhspitze gegen den Sack und stellte sich vor, wie ihre Haut unter der grünen Papierschürze schimmerte. Er flüchtete mit ihr aus der Fabrik, verschwand mit ihr in einem Hotel oder einem Wagen oder in ihrer Wohnung, die er sich mit grünen Tapeten an den Wänden vorstellte. Das war der einfachste Weg, die Schicht zu überstehen; von Schauern geschüttelt, schwer in seine Maske atmend, seinen Ständer in dem Papieroverall vor den Vorarbeitern verbergend, die Augen immer auf das Stück Haut gerichtet, das ihre Papierschürze freiließ. Kaj löste die Schnalle, der volle Sack rutschte vom Rohr, er zog den Riemen fest und hievte den Sack auf die Palette, ohne sie aus den Augen zu lassen. Gerade als er einen neuen Sack einspannte, lief sie ohne Vorwarnung zum Ausgang. Sie blieb vor der Kiste mit dem Ausschuss stehen, beugte sich vor und schob eine Packung Brühwürfel links und rechts in die Taschen ihrer Schürze. Kaj war so erschrocken, dass er sich erst an den Kopf fasste und dann die Hand nach ihr ausstreckte, als wolle er nach einer Ertrinkenden greifen. Sie bemerkte ihn nicht und verließ die Halle durch das Tor.

Kaj stieß sein Knie gegen den Sack, ein schwerer Klumpen der Masse fiel nach und ließ den Papiersack erzittern. Er behielt das Tor im Auge, aber sie kam nicht zurück.

Kaj lehnte an einer Wand unter einem Plakat, auf dem eine hübsche Fee mit Zauberstab auf der Kühlerhaube eines roten Wagens saß. Er wischte sich über die Augen. Michelle und Léon waren verschwunden. Sie waren für ihn jetzt so weit weg, als hätte er sie nie getroffen. Vielleicht war er für sie schon immer ein Niemand gewesen. Nur ein Stück Papier, das man anzündet, um zu sehen, wie es brennt.

Auf dem Strip war jetzt mehr los als tagsüber. Alles war beleuchtet, und auf den Köpfen der Passanten brannten LED-Diademe.

Kaj steckte die Hand unter sein Hemd und tat so, als würde er eine Waffe halten. Er brauchte Geld, er brauchte etwas zu trinken, er wollte seinen Rucksack zurück und vor allem seinen Pass. Vielleicht würde es möglich sein, jemanden in einer dunklen Gasse zu überfallen. Bei dem Gedanken kam er sich lächerlich vor.

Als er das Pfandhaus betrat, erklang ein Glockenspiel.

Hinter dem Tresen rauchte eine blonde Frau mit Cowboyhut.

Er ging auf sie zu und zog sich den Riemen seiner Umhängetasche über den Kopf.

Sie drückte ihre Zigarette in den Aschenbecher und fragte, ob sie ihm helfen könne.

Er legte die Tasche vor ihr ab.

Sie drehte die Tasche hin und her und legte sie zurück, dann wollte sie wissen, was er sich vorstelle.

Kaj wollte zehn für die Tasche haben.

Sie nahm die Tasche ein zweites Mal auf, zog am Riemen und legte sie wieder zurück.

Ihre Augen waren unterschiedlich, eines war blau, das andere grünlich. Als sie bemerkte, wie Kaj sie ansah, warf sie einen Blick zum Spiegel, der über der Ladenkasse hing. Sie fing an, den Tresen hektisch abzusuchen, und verschwand sogar für einen Augenblick dahinter. Dann tauchte sie wieder auf, legte den Kopf zurück und steckte die Schale wieder in ihr Auge.

Nachdem sie sich ihm zugewandt hatte, machte sie ihm ihr letztes Angebot, auf keinen Fall wollte sie mehr als zwei für die Tasche zahlen; jetzt mit zwei blauen Augen.

Kaj sah sofort ein, dass ihre zwei viel näher am Wert der Tasche lagen als seine zehn. Trotzdem sagte er, er wolle mindestens fünf. Sie befühlte das Leder, öffnete den Druckknopf und zog die Fächer auseinander.

Da erblickte Kaj den kleingefalteten Geldschein in der Tasche.

Na gut, drei, sagte sie.

Ich will nicht. Ich behalte die Tasche!

Fünf, das ist ein gutes Angebot. Sie drückte einen Hebel an der Kasse und die Lade öffnete sich mit einem Klingeln. Bitte, sagte sie und legte einen Fünfer vor ihm auf den Tresen.

Wirklich, ich will nicht mehr verkaufen.

Sie gefällt mir aber! Ich gebe Ihnen zehn, so wie Sie es wollen. Zehn ist wirklich eine Menge Geld dafür. Mehr bekommen Sie nirgendwo, auch nicht von mir.

Er fluchte lautstark und wollte sich gerade entschuldigen, als eine zweite, deutlich ältere Frau hinter einem Vorhang hervorkam, die einen Dutt trug und ein Gewehr auf ihn richtete. Sie bat ihn, auf seine Sprache zu achten.

Kaj hob seine Arme, halb um sich zu schützen, halb um sich zu ergeben. Es war das erste Mal, dass jemand eine Waffe auf ihn gerichtet hielt.

Solange du fluchst, bekommst du nichts von uns!

Na gut, zehn, sagte die Pfandleiherin und legte weitere fünf auf den Tresen. Dann nahm sie zwei zurück. Zwei als Leihgebühr, erklärte sie ruhig. Im Gegenzug bewahre ich die Tasche eine Woche lang für dich auf.

Wirklich?

Sie hob die Schultern und schüttelte den Kopf.

Und jetzt raus mit dir, Jungchen! Die Alte wies mit dem Lauf zur Tür.

Warum tun sie das, fragte er Léon während einer Zigarettenpause im Hinterhof der Fabrik.

Klar ist, sie wollen euch loswerden. Ohne schlechtes Gewissen und ohne Abfindung. Im Moment habt ihr noch alle Rechte: Krankengeld, Urlaubsgeld, die Schichtzulagen, alles, wofür ihr in den letzten hundert Jahren gekämpft habt. Und im nächsten Moment habt ihr nichts. Sie machen aus euch Zeitarbeiter. Wenn sie euch kündigen, müssten sie eine Abfindung bezahlen. Je länger jemand gearbeitet hat, desto teurer wird es für sie. Also kommen sie euch mit Gewissensentscheidungen. Arbeitsethos und Solidarität. Sie schmeißen euch alle raus, um euch dann wieder einzustellen. Und für diejenigen, die nicht mitziehen, stellen sie Fallen auf. Damit sind schon einige aussortiert. Jeder Griff in die Kiste ist bares Geld für sie. Aber diese Fallen sind nicht für dich.

Du fliegst sowieso. Du arbeitest noch nicht lange genug, um eine Abfindung zu bekommen.

Kaj starrte durch das Schaufenster des Pfandhauses auf das Gesicht im Silberspiegel. Am liebsten hätte er gegen die Scheibe gespuckt.

Ein gefleckter Außerirdischer, der von einem Bein auf das andere hüpfte, kam auf Kaj zu. Fühler mit bunten Bommeln schlugen über dem Wasserkopf mit einem Popcorn-Geräusch gegeneinander. Schon von Weitem hielt ihm der Außerirdische einen Flyer hin.

Unter den Kulleraugen waren Sehschlitze.

Es war ein Außerirdischer, der für immer grinsen musste.

III

Was soll ich mit acht?!

Brauchen Sie einen Verteiler oder nicht?

Ich brauche eine Sicherheit. Vielleicht die Schuhe, sagte der Ladenbesitzer.

Kaj sah an sich hinunter. Wie soll ich denn ohne Schuhe Flyer verteilen?

Ich nehme auch das Hemd.

Na gut. Ich tausche das Hemd gegen das Kostüm.

Der Ladenbesitzer nahm das Geld von der Theke und holte das Kostüm hervor.

Kaj knöpfte das Hemd auf.

Ich will auch die Hose!

Kaj reichte ihm das Hemd, stieg aus der Hose und reichte ihm auch die Hose. Er zog das Kostüm auseinander und suchte eine Weile den Einstieg. Dann zog er die Schuhe aus und stieg in das Kostüm.

Der Ladenbesitzer reichte ihm die Tasche mit den Flyern.

Es würde gar nichts nutzen, wenn er behauptete, er hätte alle Flyer verteilt, erklärte ihm der Ladenbesitzer. Nur die Kunden zählten, die den Laden auch mit einem Flyer in der Hand betraten.

Kaj zog einen Becher aus dem Wasserspender, ließ Wasser hineinlaufen und trank es aus.

Der Fleck, fragte der Ladenbesitzer, das Hemd gegen das Licht erhoben, geht er wieder raus?

Kaj trank einen zweiten und einen dritten Becher, und als sein Durst gestillt war, zog er sich die Kapuze über den Kopf.

Der Stoff roch säuerlich, nach Essig oder Formaldehyd.

Am Anfang fiel es ihm schwer, laut zu sprechen.

Beste Elektronik.

Elektronik wie nie zuvor.

Heute Elektronik.

Im Angebot.

Kommen Sie zur Elektronik.

Beste Preise!

Kaj wich einem Laser aus, den ein als Samurai verkleidetes Kind auf ihn richtete; er machte die Bewegung nach, mit der Spiderman Spinnweben versprühte, und fast hätte die Mutter den Flyer genommen.

Kaj sprang vor eine Gruppe junger Männer, vielleicht Franzosen oder Belgier, sie waren betrunken, aber sie wirkten harmlos. Er hielt einen Flyer an zwei Fingern hoch; sie sollten danach schnappen, als wäre es ein Köder, aber sie lachten ihn auf Französisch aus und machten einen Bogen um ihn.

Dass sie lachten, störte Kaj nicht. Schließlich war es ja nicht er, über den sie lachten. Das Kostüm ermöglichte es ihm, sich rauszuhalten. Kaj kannte das Gefühl aus der Fabrik. Er war es nicht, der unter dem Band herumkroch und das tropfende Fett vom Boden kratzte. Er war es auch nicht, der die Ausbrüche seines Vorarbeiters ertrug, es war die Person mit dem Haarnetz, dem grünen Overall und der Schutzmaske, nur eine Gestalt, ohne Herkunft und Geschichte, geschlechtslos, ohne Eltern, Geschwister oder Freunde, vor denen man sich hätte schämen müssen. Auf dem Weg nach draußen riss er sich jedes Mal das Haarnetz vom Kopf und die Maske vom Gesicht. Erst auf dem Hinterhof war er wieder er selbst. Niemand hatte ihm mehr etwas zu sagen. Für drei Minuten war er einfach Kaj, die Zigarette im Mundwinkel.

Jetzt machte es ihm die Kapuze leichter, aufrecht über den Strip zu gehen. Anders als noch vor ein paar Minuten, als er dreckig, zerschlagen und durstig an den Fassaden entlanggeschlichen war. Die Kapuze gab ihm die Freiheit, den anderen als Spiderman offen ins Gesicht zu blicken. Einzig die Flyer besaßen die Macht, Spiderman wieder unsichtbar werden zu lassen. Denn jedes Mal, wenn jemand verlegen wegsah, hatte er Kaj in Spiderman entdeckt. Den schäbigen, hungrigen und durstigen Kaj, der versuchte, ihnen irgendwas anzudrehen. Wenn jemand den Flyer nehmen würde, dann nur aus Angst um Spiderman, um Spiderman vor ihm zu schützen, um Spiderman vor ihm zu retten. Der Trick war, als Spiderman Kaj betteln zu lassen, und nicht als Kaj Spiderman zu spielen. Und so bedankte sich der Erste, der einen Flyer nahm, tatsächlich bei Kaj mit den Worten: Danke, Spiderman!

Und der Nächste nahm sich ebenfalls einen Flyer. Doch schon nach wenigen Schritten ließ er ihn fallen, so wie auch der Erste den Flyer zerknüllt auf den Boden fallen gelassen hatte.

Die anderen Verteiler waren erfolgreicher; vor allem das Einhorn, einen Laden weiter.

Er musste noch immer irgendetwas falsch machen. Immer wieder konnte er sehen, wie das Einhorn neue Flyer aus der Tüte unter dem Schaufenster holte, und viele, die Kajs Flyer verschmähten, hielten bereits den rosa Flyer des Nagelstudios in den Händen.

Irgendwann setzte sich Kaj auf den Bordstein.

Er kannte diese Anfälle von Müdigkeit. Die Müdigkeit kam von den Augen und sank in den Magen. Um wach zu bleiben, versuchte Kaj, an die erste Nacht mit Michelle zu denken. Aber nicht einmal dafür reichte seine Kraft mehr. Léon wäre kein Verteiler geworden. Nie wäre er in diese Situation geraten. Léon wäre Spiderman. In einem der Hotels, auf der Bühne, in einem King-Size-Bett oder vor der Kamera.

In der Kantine saß Léon abseits, den Kopf tief über seinen Teller gebeugt, daneben das Comic und immer wieder lachte er auf, in einem Ton, als würde jemand Blechtassen gegeneinanderschlagen.

Kaj hatte kaum Comics gelesen, außer der Mäusehefte auf dem Schulhof. In der Wohnung des Vaters hatte es keine Comics gegeben. Er hatte auch nie ein Comicheft geschenkt bekommen. Und es war ihm nie in den Sinn gekommen, in den Zeitungskiosken oder Läden zu stöbern, obwohl er sah, dass andere das taten. Aus Angst, jemand könnte ihn ansprechen, weil er etwas nutzte, ohne es zu kaufen, oder verdächtigt zu werden, ein Dieb zu sein, war es ihm nicht in den Sinn gekommen.

Sein Vater hatte ihn gewarnt: Seine Hände würden ihm abfaulen, wenn er ihm sie nicht sowieso abhackte, falls er jemals etwas stehlen sollte. Was du dir nicht leisten kannst, geht dich nichts an!

Abgesehen von Schulbüchern hatte Kaj auch nie ein Buch besessen, solange er beim Vater gelebt hatte. Bücher besaß er erst, seit er in der Fabrik arbeitete. Dieser Werbekatalog im Briefkasten war fast die erste Post, die ihn in seiner eigenen Wohnung erreicht hatte. Gelbes Papier von einem Verlag, der Fehldrucke verkaufte. Gesamtausgaben für kleines Geld, lächerliche Preise. Kaj blätterte den Katalog durch, der beim Abendessen auf dem Küchentisch neben seinem Teller lag. Einige Namen hatte er schon einmal gehört, andere sagten ihm nichts. Freud, die Gesamtausgabe in einem roten Schuber. Einige französische Namen, die er nicht aussprechen konnte. Balzac hatte er schon mal gehört, Camus auch. Dostojewski. Die Gesamtausgabe, in Leinen gebunden, Dünndruckpapier, als Mängelexemplar. Was der Mangel war, stand nicht in der Beschreibung. Kaj bestellte Dostojewski und Freud und Balzac und ein Buch mit eintausendfünfhundert Seiten von einem Autor namens Yoshikawa. Kaj nahm an, dass es jetzt, da er in der Fabrik arbeitete, nützlich sein konnte, sich durch Lesen zu bilden.

Dann, in einer Pause, hatte sich Léon zu ihm an den Tisch gesetzt.

Was er denn lese, hatte Léon wissen wollen und dann Kaj keine Gelegenheit zur Antwort gegeben, sondern einfach das Buch genommen und darin geblättert. Warum liest du Sachen, die du nicht verstehst?! Léon hatte hinter seinen Rücken gegriffen und ihm stattdessen sein Comic hingehalten.

Aber Kaj wollte das Comic nicht, sondern das Buch zurück. Einen Moment lang befürchtete Kaj sogar, das Buch würde zwischen ihnen zerreißen.

Schließlich gab Léon nach und ließ los.

Léon trug sein blechernes Lachen durch die Kantine; noch bis zum Ausgang machte er sich über Kaj lustig.

Zu schwer für dich! Viel zu schwer für dich! Ihr kennt kein Maß!

Dann ging die Arbeitssirene los: wuahwuahwuah.

Bald war Kaj der Letzte in der Kantine. Wie Léon saß er immer abseits, nur auf der anderen Seite.

☼ ☼ ☼

Die Rotation sollte dafür sorgen, dass sich die Arbeiter nicht zu sehr langweilten. Jobrotation lautete das Prinzip. So sollte die Arbeitsmotivation gesteigert, der Krankenstand reduziert und die Ausschussquote minimiert werden, das hatte Léon ihm erklärt.

Kaj begriff, dass seine Tage dadurch weniger langweilig waren, als wenn er immer an dieselbe Maschine gestellt wurde, aber für ihn bedeutete es vor allem mehr Stress. Alle paar Tage war er gezwungen, sich neu auf etwas einzustellen, nur das Gefühl von Sicherheit stellte sich nie ganz ein. Die Abläufe gingen ihm nicht so leicht von der Hand, als wenn er ein oder zwei Wochen lang dieselben Handgriffe ausgeführt hätte. Deshalb musste er die ganze Zeit über seine Arbeit nachdenken, und er konnte seine Gedanken nicht mehr abschweifen lassen. Das war das Schlimmste. Kaj wollte nicht wahrhaben, dass die Fabrik auch seinen Kopf übernommen hatte.

Neben dem Masseschüttler war die Abfüllanlage die eintönigste Station in dem Kreislauf. Sobald alles eingestellt war, passierte stundenlang nichts Entscheidendes mehr. Die Paletten kamen an, die Flaschen wurden aufgespießt und gefüllt, die Deckel aufgedreht, die Etiketten aufgeklebt, die Kartons verpackt und verklebt. Das funktionierte besser als Schäfchen zählen. Es dauerte keine fünf Minuten und er befand sich nicht mehr im selben Raum wie die Arbeit. Kaj stand nun neben einem Studenten, der gerade die Axt unter seiner Jacke hervorgezogen hatte und sie über seinen Kopf schwang, um eine alte Pfandleiherin zu erschlagen. Das Erste, was Kaj roch, war der Schweiß des Studenten und das Parfüm der Pfandleiherin, das Eau de Cologne aus den Probeflaschen seiner Großmutter. Von überallher drang ein stechender Geruch nach Rauch, altem Fett, Mottenkugeln und Essig auf ihn ein. Kaj näherte sich dem Gesicht der Pfandleiherin. Ihrem offenen Mund entströmte der Geruch von Sauerkraut. Ihr fehlten zwei Zähne, genau wie seiner Großmutter. Überhaupt sah die Pfandleiherin aus wie seine Großmutter. Ihre erhobenen Hände waren schuppig, die Knöchel geschwollen, die Haut am Ellbogen dick und glänzend wie das Lederscharnier einer Holzkiste. Kaj betrachtete die Axt in den Händen des Studenten. Das Werkzeug war viel zu grob für die Hände, die es hielten. Es waren schlanke Hände, zart, blutleer und papierweiß. Wie wäre die Geschichte wohl verlaufen, wenn es sich um einen jungen Arbeiter und nicht um einen Studenten gehandelt hätte?

Falsch aufgeklebte Etiketten waren der häufigste Grund für Ausschuss an der Abfüllanlage. Die Etiketten lösten sich ab, oder mehrere Etiketten wurden kreuz und quer übereinandergeklebt.

Kaj nahm die Flaschen vom Förderband und stellte sie neben sich auf den Boden. In den Pausen wusch er die Flaschen und ließ sie dann noch einmal einzeln von Hand durch den Etikettierer laufen. Manchmal stauten sich die falsch etikettierten Flaschen, bis die ganze Reihe auf dem Förderband zerrupft war und der Platz um seine Beine herum voll mit Flaschen war.

Irgendwann bekam er nur noch Ausschuss, dann musste er den Not-Aus-Knopf drücken und den Etikettierer neu einstellen. Meistens war es der Leim. Er hatte ihn entweder zu dünn oder zu dick angerührt. Es gab keine genauen Werte für den Leim, nur die Ansage des Vorarbeiters, dass der Leim Fäden ziehen sollte, wenn man den Rührstab herauszog. Am Ende einer Schichtperiode hatte Kaj es raus und bis zur nächsten wieder vergessen. Nicht alles war gut, was sich irgendwer für die Arbeit ausdachte. Er hatte Léon davon erzählt, der hatte nur gelacht und ihm geantwortet, dass die verlorenen Etiketten eingepreist seien. Wenn es nicht wirtschaftlich wäre, würden sie es nicht tun. Und ob Kaj dabei dachte oder nicht, spielte im Grunde keine Rolle.

Was die schöne Arbeiterin jetzt machte? Dieser Gedanke beschäftigte Kaj, als die Flaschen wieder sauber etikettiert zu ihm zurückkamen. Er konnte immer noch nicht glauben, dass die Ausschusskisten Fallen waren. Sie war bestimmt im Urlaub und Léon hatte Unsinn erzählt. Kaj hätte jemanden aus ihrer Schicht fragen können, aber während der Arbeit war es zu laut, außerdem hätte es die Abläufe gestört, und in den Pausen konnte er die einzelnen Arbeitsgruppen nicht auseinanderhalten.

Der Einzige, mit dem er regelmäßig sprach, war Léon.

Léon schien keiner der Arbeitsgruppen anzugehören. Er war auch nicht fest in einer Schicht eingeteilt. Léon musste eine Art Springer sein. Bis jetzt hatte er ihn noch nicht danach gefragt. Er wollte vor ihm nicht dumm dastehen. Außerdem kam er selten zu Wort, wenn er Léon in seiner Rauchpause begegnete.

Die Pritsche mit den toten Spatzen. Wie so viele übereinandergeworfene Spatzen wohl in Wirklichkeit aussahen?

Wie so oft bei der Arbeit musste Kaj an dieses Foto aus der Zeitung denken. Auf dem Foto hatten die Spatzen wie ein einzelner großer Klumpen ausgesehen. Wie schwer wog wohl ein einzelner Spatz? In Wahrheit waren sie ja so leicht wie eine Feder. Vielleicht hatten sich die obersten durch den Wind bewegt, ein Knistern der Federn muss wohl zu hören gewesen sein. Wenn er die Hand in den Haufen gesteckt hätte, wäre es dann dasselbe Gefühl gewesen, als hätte er seine Hand in Federn getaucht? Wieder fand Kaj eine Flasche ohne Etikett, und drei Flaschen weiter war das Etikett von einem zweiten Etikett überklebt. Er holte die Flaschen vom Band und stellte sie zu seinen Füßen ab. Was war aus dem Mädchen Chang geworden? Hatte sie das Knistern gehört, als sie neben dem Lastwagen herlief? Wie war es für sie, in einen Himmel ohne Spatzen zu schauen?

Kaj lief neben dem Mädchen her, das sang und auf die Pfanne schlug. Der Wind strich ihr durchs Haar, die Luft roch nach Blumen. In der Tat rollte der Lastwagen durch eine Allee, die Bäume standen in weißer Blüte. Das Pferdchen, das den

Lastwagen zog, stolperte alle paar Schritte. Sicherlich eine Art Pferdekrankheit. Das Mädchen aber rannte und sprang. Sie hatte den festen und federnden Körper einer Sportlerin. Ihr Gesicht war rund und ihre Haut war makellos. Kaj roch an ihrem Haar, es roch überhaupt nicht menschlich, vielleicht eher nach einer Bürste. Jetzt hörte Kaj das Knistern von der Pritsche. Es klang, als lägen da aufgeschlagene Bücher. Kaj lief an den Lastwagen heran und tauchte seine Hand in den Haufen.

Die Hälfte von ihnen lag auf der Straße und wurde von Schuhsohlen zertrampelt. Am Ende waren es vielleicht zwanzig Flyer, die Kaj hatte verteilen können.

Er war auch schon wieder durstig.

Die Nacht war merklich kühler geworden, aber die Luft blieb staubtrocken, und so spürte er, wie sich seine Lippen zusammenzogen, und unter der Kapuze konnte er die Augen kaum noch öffnen. Der Anzug kratzte überall, als würde er sich gleich in Juckpulver auflösen.

Wer geht schon nachts in ein Elektronikgeschäft?!

Niemand hatte vor dem Laden Flyer verteilt, denn hier konnte niemand Flyer verteilen. Vielleicht war ja alles ganz klar.

Kaj beschloss aufzugeben und sich das Geld von dem Ladenbesitzer zurückzuholen. In diesem Moment kam ein Mann mit einer weißen Basecap ganz schnell auf ihn zu und verlangte, seine Arbeitserlaubnis zu sehen. Im selben Moment rief Kaj jemand zu, er solle verschwinden, und ein grünes Wesen gab ihm einen Schubs, als es an ihm vorbeirannte. Auch das Einhorn rannte jetzt von seinem Platz weg. Kaj wusste weder ein noch aus. Jemand wurde neben ihm gegen die Wand gedrückt.

Als Kaj rennend in die Seitengasse einbog, stürzte er und überschlug sich. Als er dort lag, konnte er gerade noch das grüne Wesen weglaufen sehen, über dessen Fuß er wohl gestürzt war. Langsam richtete er sich am Zaun auf und kam schließlich neben einem Müllcontainer zum Sitzen.

Der Anzug war an der Schulter und an den Knien aufgerissen. Spiderman, besiegt von Elliot, dem freundlichen Drachen mit den winzigen Flügeln, konnte Kaj gerade noch denken, dann setzten die Schmerzen ein.

Später tupfte Kaj mit dem Finger gegen sein aufgeschürftes Knie, und er bemerkte vor sich auf dem Asphalt einen Flyer, darauf war ein roter Mund mit wulstigen Lippen, darüber ein Finger, der den Mund stumm machte.

Kaj versuchte, seine Michelle darin zu sehen.

II.

I

Eines Nachts werde etwas über der Pyramide zu sehen sein! Oh ja, mein Freund! Ein Feuerball oder, besser gesagt, ein Feuerbällchen! Einmal quer über den Nachthimmel! Dann stürze das Ding hinter die Stadt. Die Glücksritter würden sich sofort in Richtung des Rauchfadens aufmachen, der in die mondhelle Nacht aufsteige. So wird es sein! Fahnen aus Sand werden sie hinter sich herziehen. Im Herzen des Kraters, umgeben von überhaupt nicht mehr spektakulärem Schrott, kaum angekratzt, da werde eine goldene Schallplatte liegen. Als ob Elvis aus dem Himmel gestürzt sei. Der Schnabel über der Stirn wackelte, während der Pinguin sprach. Mit Händen wie meinen, in zerrissenen Handschuhen wie deinen, wird sie ausgebuddelt werden! Kälter als gedacht und ein gutes Stück schwerer werde sie sein. Glaub es mir!

Kaj sah auf seine aufgeschürften Fingerknöchel, er konnte sich gerade kein Gold vorstellen.

Punkte, Striche, Kreise: Mathematik! Formen und Zeichen! Niemand versteht irgendwas! Niemand kümmert sich um die Zeichen! Oh ja, mein Freund! Und auch der Klang der Schallplatte werde jedem scheißegal sein. Die Mitglieder der stärksten Gruppe würden nach einem harten Fight die Sieger sein. Ringsherum Totengesichter. So viele Totengesichter! Sandpaniert. Die Schallplatte werde mit einem Hammer zerschlagen. Das Gold werde unter den Siegern aufgeteilt. So wird es sein! Oh ja, mein Freund!

Sie liefen am Zaun am Hinterhof der Pyramide entlang, wo die Container von Müll überquollen; im Licht der Strahler glänzten die Mülltüten, als wären sie ebenfalls aus Gold.

Kaj brannten die Augen unter der zur Stirn gerollten Kapuze, als hätte er geheult.

Sie seien schon jetzt für die Wesen, die jene Platte beschrieben hätten, die fremdartigste Lebensform im Universum. Der Pinguin schniefte trocken.

Unter Kajs Sohlen knirschte Sand, der überall aus Rissen im Boden quoll. Zwischen den Mauern hingen offene Stromleitungen. Ein Geruch nach Verwesung wehte ihnen entgegen. Magere Hunde schliefen in umgekippten Containern.

Kaj stöhnte auf, für mehr fehlte es ihm an Kraft.

Der Pinguin zeigte ihm ein stottriges Neonschild in der Ferne, dass er dahinter zuhause sei, wo die Stadt aufhört, sagte er.

Die Stimme des Pinguins war auf eine beruhigende Weise angenehm, wenn auch ein wenig kratzig, aber voll und melodisch, als wäre der Pinguin an ein Publikum gewöhnt. Er schien Kaj wirklich helfen zu wollen. Kaj fühlte sich verpflichtet, ihm allein schon deshalb zu danken.

Oh, ich helfe dir nicht, antwortete der Pinguin sofort. Wie um alles in der Welt kommst du darauf?! Ich würde nie etwas für jemanden tun, was der nicht auch für mich tun könnte. Mein Freund, du kannst mir ja auch nicht helfen. Er solle ihn nicht falsch verstehen, er sei ja ein echter Kommunist. Oh ja, mein Freund! Jeder verdankt seinen Wert dem anderen! Das sei der Kommunismus, wie er ihn sehe.

Unter der nächsten Straßenlaterne blieb der Pinguin stehen, und die Kapuze warf einen Schatten über sein Gesicht.

Ein Gesicht, das Kaj auf dem Strip weich und freundlich erschienen war, der Verteiler mit dem Kindergesicht.

Sibirien! Du verstehst?! Da kommen die Kommunisten her!, sagte der Pinguin. Sibirien sei eine kalte Wüste. Schnee wie Sand.

Kaj stellte sich vor, wie es jetzt wäre, in Schnee zu beißen. Nachdem sie wieder eine Weile schweigend nebeneinander hergegangen waren, sagte Kaj: Schnee lässt sich essen.

Du hast recht! Sibirien ist im Vergleich zu dieser Stadt nur semiperfekt. Nichts entstehe hier von selbst. Alles müsse gekauft werden. Die Stadt sei mehr als Sibirien oder eine Wüste. Sie sei der Wüstenplanet! Der Pinguin schob die Kapuze nach hinten und ein kantiger, kahl rasierter Schädel kam zum Vorschein, in den ein winziges Gesicht gemeißelt schien.

Von dem freundlichen Eindruck war nichts mehr übrig. Der dürre Hals, die breite Stirn, die zerfetzten Ohren; alles an diesem Schädel war unangenehm, nichts erweckte Vertrauen oder Sympathie. Der Pinguin war niemand, den Kaj lange freiwillig angeschaut hätte.

Kaj hatte Léon oft während der Arbeit beobachtet, Léon sah sogar in einem Papieranzug wie ein Gewinner aus. Wenn Léon vorbeikam, sahen alle auf. Auch wenn die Schicht noch in vollem Gang war. Sogar die Arbeiterin mit den hohen Wangenknochen folgte ihm jedes Mal mit ihren schwarzen Augen, und es war nicht ungewöhnlich, dass eine Sirene ertönte und ein Band angehalten werden musste, wenn Léon vorbeigegangen war. So wie nur ganze Suppenwürfel in die Packungen sortiert wurden, hätte Léon in einer Packung für den perfekten Menschen Platz gefunden.

Es war wirklich am besten, diesen Kopf unter der Kapuze zu verstecken. Nur so konnten das Gesicht und die Stimme zur Geltung kommen. Ohne das Pinguinkostüm hätte er nie auch nur einen einzigen Flyer in Umlauf gebracht.

Kaj versuchte sich wieder auf den Pinguin zu konzentrieren, der die ganze Zeit geredet hatte und in diesem Moment sogar lauter wurde. Erst jetzt merkte Kaj, dass der Pinguin ihn etwas fragte und ihn dabei fast anbrüllte.

Der Mund?! War es wirklich nur der Mund? Nur der Mund hat dich an diese Michelle erinnert?!

Kaj nickte, mehr als die Lippen war es vielleicht wirklich nicht gewesen.

Der Pinguin kratzte sich die Stirn, wobei ihm ein Kettchen über das Handgelenk fiel; ganz kurz war auch ein Tattoo am Unterarm zu erkennen.

Er solle ihn wirklich nicht falsch verstehen, sein Urteil in allen Ehren. Das ist ein wirklich schöner Mund! Und der Pinguin stach mit dem Finger gegen den Flyer, den Kaj die ganze Zeit über in der Hand hielt.

Sie liefen eine Weile weiter, ohne dass einer von beiden etwas sagte.

Dann aber wollte der Pinguin von ihm wissen, ob er von Michelle sagen würde, dass sie eine Schönheit vor dem Herrn sei. In dieser Stadt bekomme jeder, was er verdient. Du hast es dir verdient! Eines Tages, irgendwo! Nur frage er sich, womit? Seien wir doch mal ehrlich. Du hast sie nicht mehr verdient als ich selbst. Eher weniger! Dass die Michelle vom Flyer seine Michelle sei – ausgeschlossen. Die Koinzidenz wäre einfach zu groß. Selbst hier, wo niemand mehr herumliefe, sei alles voll mit Flyern. Wenn du daraus diesen Flyer ziehst, dann ist es das große Los! Ich glaube, sie hat dich abgezockt. Nebenbei gesagt. Mach dir nichts draus! Jeder schlage einmal auf dem Boden der Tatsachen auf. Was denkst du, warum du vor dem Elektronikladen Flyer verteilt hast?! Der Pinguin zupfte Kaj am Ärmel. Manche Dinge seien so klar, da müsse man nicht mal mehr drauf scheißen.

Es polterte in einer Seitenstraße. Der Pinguin gab Kaj Zeichen, still zu sein und sich nicht zu bewegen. Nach einer Weile flüsterte er: Ein Rudel treibt sich in der Gegend rum. Von den Wagenplätzen und der Müllkippe. Nachts versammeln sie sich und streifen durch die Außenbezirke. Gehirne wie vergiftete Rosinen. Zuerst denkt man, sie würden betteln. Zum Glück ist Munition teuer. Man darf Kinder nie unterschätzen. Sie haben Messer und Glasscherben bei sich. Horror, echter Horror. Der Pinguin schüttelte sich, als sei ihm kalt.

Sie gelangten in eine Straße, die von niedrigen Hütten gesäumt wurde.

Der Pinguin erklärte Kaj, dass sein Vater an diesem Ort lebe und sie hier einen kurzen Zwischenstopp einlegen würden, weil er einmal am Tag nach seinem Vater sehen müsse und auch noch ein oder zwei andere Dinge zu erledigen habe.

Die Hütten aus Bauschutt, Blech, Sperrholz und Pappe erinnerten Kaj an Schuhkartons mit Fenstern und Türen. Als er an sich herunterschaute, war der Anzug zerrissen und dort, wo Haut war, war auch Blut.

Mit baumelnder Kapuze stieg der Pinguin über einen Bretterzaun. Kaj wollte nicht allein zurückbleiben und folgte ihm; zwischen Bretterwänden und unter Wäscheleinen hindurch lief er ihm auf einem schmalen Pfad hinterher. Ein Hund bellte. Kaj trat auf etwas Weiches, als ob alte Zeitungen auf dem Weg verstreut wären.

In einem Hof stapelten sich Mülltonnen und Pappkartons, dazwischen ragte ein trockener Ast hervor. Kaj erinnerte der Ast an eine verdorrte Fichte. Vielleicht ein Weihnachtsbaum, den man stehen gelassen hatte. Warum nicht?! Diese Feste wurden auch hier gefeiert.

Kaj bemerkte etwas Schwarzes am Boden, dann spürte er die Schnauze eines Hundes an seinem offenen Knie.

Plötzlich stand der Pinguin in einem Türrahmen vor ihm, umgeben von gelbem Licht, und sagte, dass er etwas aus dem

Keller holen müsse. Kaj solle sich solange um den Vater kümmern. Wenn Vater wegläuft, findet er den Weg nicht mehr zurück!

Das Licht war unruhig, eine Motte oder irgendein anderes großes Insekt flatterte unter dem Lampenschirm. Zerrissene Tapeten, zwei schiefe Öffnungen in den Wänden, als hätte jemand mit einem Teppichmesser Türen hineingeschnitten. An einem Tisch saß ein Greis vor einem Teller und plapperte vor sich hin, und unter dem Tisch lag ein Paar Lederschuhe, weiße Socken hingen heraus.

Der Ort machte auf Kaj einen schlechten Eindruck.

Ohne sein Geplapper zu unterbrechen, stand der Greis auf.

Es bestand erkennbar eine Verwandtschaft, die ähnliche Statur, nur war der Greis schmächtiger als der Pinguin. Allerdings hatte er Haare. Dicke graue Strähnen wellten sich bis hinter die Ohren. Letztendlich hatte der Pinguin nur Pech gehabt.

Der Greis, der immer aufgeregter wurde, hob den Teller vor sich an und ließ ihn auf die Tischplatte fallen.

Der Pinguin ahmte den Greis nach: äachwahwah! Warum schlingst du auch so! Du warst doch mal ein Feinschmecker! Und er zog eine Schublade unter der Tischplatte auf und legte dem Greis ein Kartenspiel hin. Er solle die Klappe halten und dem Gast seine Nummer zeigen. Jetzt hast du schon einen Gast, unterhalte ihn auch! Zackzack! Verdien dir die Brühe! Dann wandte er sich an Kaj und erklärte, dass der Greis gleich Ruhe geben würde. Anschließend verschwand er durch eine der Öffnungen in der Wand.

Kaj hörte ihn eine Treppe hinuntergehen.

Der Greis ließ sich in den Stuhl zurücksinken.

All dies hatte Kaj traurig gemacht. Sein Vater hatte ihm früher oft von dem kranken Großvater erzählt, und wie er darunter gelitten hatte, sein Vorbild auf diese grausame Weise zu verlieren. Kaj hatte deshalb immer gehofft, dass er selbst von ihm auch nur aus Rücksichtnahme im Stich gelassen worden war. Vielleicht war das nicht richtig gewesen. Vielleicht hatte der Vater nur immer Angst davor gehabt, mit ihm die Rollen tauschen zu müssen.

Der Greis warf Kaj einen schüchternen Blick zu. Dann zog er etwas aus seiner Tasche und steckte es sich in den Mund. Sein Gesicht verwandelte sich, und er sah Kaj freundlich, fast amüsiert an. Er hob die Schultern und zwinkerte ihm zu, als wollte er sagen: Was soll's!

Es musste ein künstliches Gebiss gewesen sein, denn im nächsten Moment begann der Greis zu sprechen, mit einer Stimme, die Kaj entfernt an die Stimme des Pinguins erinnerte, nur ohne das Kratzen, viel fröhlicher und sanfter.

Sie wissen, dass es mehrere Möglichkeiten gibt, ein Kartenspiel zu mischen. Die bei Weitem effektivste Art ist die mit zwei Stapeln. Der Greis bildete in seinen Händen zwei Stapel und schob sie ineinander.

Auf diese Weise mische sich jede Karte dieses Stapels mit jeder Karte des anderen Stapels. Logisch, oder? Er wiederholte den Vorgang noch zwei weitere Male, geschickt und mit eleganten Bewegungen seiner sonst großen, fast groben und haarigen Hände, die nicht besonders alt wirkten.

Die Karten sind jetzt gut gemischt. Natürlich können Sie auch hier noch Zweifel haben. Deshalb bitte ich Sie, die Karten jetzt selbst zu mischen. Er präsentierte Kaj den Stapel auf der Handfläche.

Kaj zögerte zunächst, weil er nicht wusste, ob der Pinguin es gut finden würde, wenn er etwas anfasste. Schließlich nahm er die Karten, dabei berührte er kurz die Handfläche des Greises, und er bemerkte, wie weich und warm die Haut war. Er mischte die Karten unbeholfen, seine Fingerknöchel schmerzten.

Der Greis bedankte sich, als er die Karten zurückbekam, und zog damit vor sich auf dem Tisch einen Fächer auf.

Jetzt muss ich Ihnen eine Geschichte erzählen, Herr Spiderman. Er zeigte Kaj einen gelben Jeton in seiner Hand.

Dieser Jeton ist kein gewöhnlicher Jeton. Es ist ein Jeton aus einem Casino, das nicht mehr existiert. Es ist der letzte und einzige seiner Art. Alle Jetons sind einst zusammen mit dem Casino verschwunden, außer diesem Jeton. Und dass dieser Jeton in meinem Besitz ist, verdanke ich einem so großen Zufall, dass man es Glück oder Schicksal nennen muss. So ist das nun einmal im Leben. Wir alle glauben an die Mathematik, an die Wahrscheinlichkeit und die Berechenbarkeit aller Dinge. Da ist kein Platz für Wunder. Aber wenn die Wahrscheinlichkeit, dass etwas eintritt, so gering ist, dass wir bereits von einer Unmöglichkeit sprechen, ist es dann nicht zulässig, es Glück oder Schicksal oder vielleicht sogar ein Wunder zu nennen? Dieser Jeton zwischen meinen Fingern stellt also ohne Frage und ganz im Sinne der Wissenschaft ein kleines Wunder dar. Dementsprechend brauchen wir uns nicht zu wundern, wenn dieser Jeton besondere Kräfte hat. Ich nenne sie magisch. Bitte nehmen Sie diesen wirklich unmöglichen Jeton und legen Sie ihn irgendwo auf den Fächer. Wo Sie wollen. Ich werde sogar wegschauen, um Sie nicht zu beeinflussen. Und der Greis wandte das Gesicht von Kaj ab.

Gerade als Kaj nach dem Jeton greifen wollte, hörte er neben sich ein verächtliches Schnauben; der Pinguin war von ihm unbemerkt ins Zimmer gekommen.

Bist du schon so verkalkt, dass du diese Anfängernummern bringen musst?! Alter Furz! Er nahm dem Greis die Karten weg und warf sie auf den Tisch. Er hasse Tricks mit manipulierten Münzen. Wirklich, er hätte ihm einen besseren Trick zeigen können. Und ohne auf den Greis zu achten, schob er Kaj aus dem Zimmer.

Ich mag diesen Trick nicht! Draußen zog er die Tür zu und drehte den Schlüssel dreimal im Schloss. Weil er einmal vergessen habe, die Tür abzuschließen, habe er schon seinen Onkel verloren! Und er fragte Kaj, ob ihm nicht der zweite Stuhl am Tisch aufgefallen sei. Zwei Straßen weiter, so weit, wie ein alter Mann in der Sonne laufen könne, habe er den Onkel in einer Ecke liegend gefunden. Zwischen vollgepissten Kartons, die Hände unter den Achseln, als wäre er erfroren. Der Pinguin lief wieder voran. Sein Onkel sei ein guter Tänzer gewesen. Ihm hat nur die Kraft gefehlt, rechtzeitig aufzuhören. Einmal fiel er hin und sie warfen ihn aus der Show!

Ojemine, dachte Kaj.

Sie hat dich einfach so geküsst? Einfach so! Aus heiterem Himmel! Du hast vorher kein Wort mit ihr gewechselt? Hätte nicht etwas vorher passieren müssen?! Ein Blick, eine Berührung im Vorbeigehen, ein Auftritt, der dich in ein gutes Licht rückt, ins Rampenlicht? Du willst es mir nicht sagen. Ich verstehe das und respektiere es.

Ich hab ihr gefallen. Ist das nicht möglich?

In deiner Welt ja, in meiner Welt nein.

Statt Häuserfronten säumten nun Zäune, gegen die sich große Hunde warfen, ihren Weg. Dahinter weite Höfe und niedrige Lagerhallen. Nirgends ein Mensch, nur manchmal hatte Kaj das Gefühl, dass sich in einer Ecke oder unter einem Vordach ein Schatten bewegte und eine Zigarette glühte.

Über all dem funkelte ein Sternenhimmel, so klar und deutlich, wie Kaj ihn schon lange nicht mehr gesehen hatte, vielleicht noch nie. Als wäre die Milchstraße der Schwanz eines grauen Wolfs.

Er plane schon sehr lange, eine private Musikschule an der Küste zu besuchen. Daraus sei bloß bisher nichts geworden. Posaune, sagte der Pinguin, als wolle er einer Frage von Kaj zuvorkommen. Noch viele andere Instrumente! Oh ja, mein Freund! Er sei sehr musikalisch. Im Moment besitze er allerdings nur eine Ukulele. Ab und zu spiele er in Schwulenbars, dort sei man toleranter, was das Aussehen angehe. Auf dem Strip sind die schattigen Plätze schon von den Platzhirschen besetzt. Diese Bühne sei umkämpft. Er hatte Windschutzscheiben geputzt, war ein Jahr lang Taxifahrer und war manchmal mit Hunden von Hotelgästen unterwegs. Er war dort geboren, wo andere strandeten. Mit zwölf Jahren habe er zum ersten Mal Flyer verteilt, als Robin Hood. Da sei kein Geld drin. Aber man lerne Leute kennen. Das ist die einzige echte Chance, die man hat!

Kaj spürte deutlich, dass er bald nicht mehr würde weitergehen können.

Und warum nicht zur Küste, fragte er, um dem Pinguin das Gefühl zu geben, es interessiere ihn.

Musiker, gute Musiker, die hier Gastspiele gaben, hätten ihn gewarnt. Mit seinem Talent und dem Auftreten wäre es für ihn überhaupt nur hier denkbar, genug Geld zu verdienen. Das ist mein Platz! Der Pinguin blieb so unerwartet stehen, dass Kaj erst noch ein paar Schritte ohne ihn weiterlief und dann umkehren musste.

Mein Platz, wiederholte der Pinguin, als sei er stolz. Er hielt ein Gatter auf und gab Kaj ein Zeichen, hindurchzugehen. Anschließend mussten sie noch durch eine Luke in das Gebäude klettern, das Kaj mit dem runden Wellblechdach an einen Hangar erinnerte.

Der Pinguin legte einen Schalter um und nacheinander leuchteten Neonröhren auf, erloschen wieder und leuchteten auf.

Kaj versank tief in einem Sessel, aus dem eine Katze oder ein anderes Tier gehuscht war. Irgendwo gab es ein Rumpeln. Von der Kante des Herzbetts aus, das fast den halben Raum einnahm, erzählte der Pinguin von seiner Theorie, wie die Beziehung zwischen der schönen Michelle und dem verkommenen Spiderman möglicherweise war. Nun, nun, nun, du weißt es einfach nicht.

Kaj fiel in einen Traum.

Er steht wieder vor der Schule, die er als Kind besucht hat, auf dem Hügel davor, der mit kurzem, im Sommer gelbem Gras bewachsen ist. Auf diesem Hügel spielen die Schüler in den Pausen. Diesmal hat sich Max, ein Junge aus einer höheren Klasse, das Spiel ausgedacht. Er steht auf der Kuppe des Hügels und legt einen schokoladenüberzogenen Krapfen ins Gras. Derjenige, der den Krapfen zuerst erreicht, darf ihn behalten. Auf Max' Befehl hin stürmen die Schüler von allen Seiten des Hügels auf den Krapfen zu. Der Weg zum Krapfen ist voller Handicaps, die Max ausruft. Max ruft, und die Schüler ziehen ihr Bein nach. Max ruft, und die Schüler sind blind. Max ruft, und den Schülern fehlen die Beine und sie kriechen den Hügel hinauf, als ob sie Würmer wären. Tot, ruft Max, und alle erstarren. Das Gras knistert. Irgendwo hoch oben kreischt eine Krähe. Kaj wagt nicht aufzublicken. Dann die Stimme von Max, flüsternd, aber weiterhin in diesem grausamen, gebietenden Ton: tot. Eine Zeit lang passiert nichts, nur immer und immer wieder sein Befehl: tot. Als Kaj schließlich doch seinen Kopf hebt, ist er nicht der Erste, die anderen Schüler hocken da und ballen ihre Fäuste, und der Hass steht ihnen ins Gesicht geschrieben, als Max den Krapfen verschlingt.

Der Pinguin saß jetzt direkt vor Kaj auf der Bettkante und zupfte auf der Ukulele.

Er sei davon überzeugt, dass diese außergewöhnliche Dame sich deshalb für Kaj entschieden habe, weil sie sein Potenzial gesehen habe. Er selbst könne jedoch noch keines erkennen. Diese leichten Mädchen hätten dafür aber ein besonderes Auge. Sie irrten sich selten.

Kannst du singen?

Kaj hatte Léon von dem Foto in der Zeitung erzählt, und dass ihn die Frage beschäftigt hatte, was aus dem Mädchen Chang geworden war. In fast jeder Nachtschicht, kurz vor dem toten Punkt, wenn der Körper nur noch aus Gewohnheit arbeitete und die Hand vom Schalter fiel, erschien Kaj ihr Gesicht. Die von der Druckerschwärze verdunkelten Wangen, der singende Mund.

Dann stieß er mit dem Fuß gegen den Sack, die Masse rieselte nach und er dachte sich eine Geschichte aus. Auch davon hatte er Léon erzählt. Als Léon die Geschichte hören wollte, konnte Kaj sie nicht erzählen. Nicht richtig, nicht so, wie sie vor seinen Augen erschienen war. Die Bilder bestanden immer nur so lange, wie er an der Maschine arbeitete. Wenn er zu müde wurde, oder wenn ihn jemand rief, oder auch wenn er den Sack abnehmen und auf der Palette stapeln musste, verlor er sie sofort. Léon hatte ihm geraten, sich doch einmal Notizen zu machen.

Wofür?

Vielleicht habe er ja Potenzial.

Sing, befahl der Pinguin.

Kaj begann aus den Tönen, die der Pinguin auf der Ukulele zupfte, eine Melodie herauszuhören. Die Melodie drehte sich im Kreis.

Kaj sang.

Kommt der Kaiser zu dir nach Haus!
Nimm den Knüppel,
Schlag ihn hart, schlag ihn hart!

Der Pinguin seufzte. Er legte die Ukulele zur Seite und öffnete den Reißverschluss über seiner Brust. Er zog eine kleine Flasche heraus, trank einen Schluck und reichte Kaj die Flasche.

Es war billiger Tequila in einer winzigen Plastikflasche.

Kaj nahm einen Schluck, aber er hatte das Gefühl, dass auch Trinken jetzt nichts mehr ändern konnte.

II

Auf der Rampe im Hinterhof der Pyramide stapelten sich weiß, rosa und golden glänzende Schachteln. Die Gäste saßen mit baumelnden Beinen am Rand, auf den Metallstufen oder einfach auf dem nackten Boden vor der Rampe, wo sonst Lastwagen entladen wurden, und hatten eine Schachtel auf dem Schoß. Eine improvisierte Band spielte unter dem Lichtkegel eines Strahlers; Saxofon, Gitarre, Trompete, sogar ein Kontrabass und die Ukulele. Der Pinguin schrubbte über die Saiten, als stünde das Ende der Welt bevor, riss die Augen auf und blickte um sich.

Kaj hörte keinen Ton von seinem Spiel. Die Ukulele ging komplett unter. Wenigstens trug der Pinguin seine Kapuze.

Auch Kaj hatte eine Schachtel vor sich, eine goldene Schachtel mit Schokoladendonuts.

Wenn er seinen Hunger gestillt hätte, würde er einen seiner Donuts gegen einen anderen eintauschen, Vanille oder Erdbeere, falls noch Donuts übrig wären. Woran er jedoch zu zweifeln begann, weil er die anderen Gäste sah und wie sie die Donuts in sich hineinschlangen. Außerdem war zu befürchten, dass alle Donuts hier wie seine eigenen nach Sandkuchen schmeckten.

Der Pinguin hatte Kaj einem Jungen im Pagenanzug gegenüber, der wahrscheinlich nur zufällig am Tor stand, nicht um jemanden zu kontrollieren, als neuen Gast bezeichnet. In Wirklichkeit waren es Bedürftige, die sich hier versammelten. Zumindest war das Kajs erster Eindruck gewesen. Sein Vater hätte sie Bettler, Schmarotzer, Hungerleider und Abschaum genannt. Erst nach und nach war ihm klar geworden, dass nur die wenigsten hier wirklich bedürftige Menschen waren. Die meisten gingen wohl einer gewöhnlichen Arbeit nach. Auf der Rampe unterhielten sich Gestalten in goldenen Schürzen und mit Kochmützen mit anderen, die wie ägyptische Sklaven in Historienfilmen gekleidet waren. Sie alle gehörten bestimmt zum Hotelpersonal hier. Auch das Personal anderer Hotels war da, in anderen Uniformen, Barmädchen und Kellner, Limousinen-Chauffeure und Tabak-Girls. Auch erkannte Kaj einige Verteiler wieder. Das Einhorn wippte mit den Hüften zur Musik und klatschte in die Hände. Wonderwoman saß mit dem Kopf an die Schulter des Eisbären gelehnt, der sich aus ihrer rosa Schachtel bediente. Wahrscheinlich war Wonderwoman eingeschlafen.

Ein Haufen grün gekleideter Putzfrauen kam um die Ecke. Einigen schien noch der schwere Wassereimer am Arm zu hängen, so schief liefen sie. Die Band wandte sich ihnen zu, und die Putzfrauen reagierten sofort und tanzten auf die Band zu; gerade die ältesten und gebeugtesten tanzten die Band am ausgelassensten an.

Einige ölbeschmierte und auch sonst völlig schmutzige Männer, die aussahen, als kämen sie gerade aus einer Kohlengrube, einem Teerfass oder der Kanalisation, schleppten sich Zigaretten rauchend über den Hof. Einer von ihnen, mit einem Gesicht, das Kaj an Kater Karlo erinnerte, klopfte sich mehrmals übermütig auf den nackten Bauch.

Und es gab auch diejenigen, denen man sofort ansah, dass sie keine Arbeit und auch keine Bleibe hatten. Verwahrloste und Süchtige, manche mit eitergelben Verbänden um die Beine.

Auch für sie gab es einen Platz auf dieser Party, am Rand, außerhalb des Scheinwerferlichts. Sie schwiegen, tanzten nicht, feierten nicht, redeten nicht, sondern aßen nur die Donuts aus den Schachteln.

Kaj erblickte ein Kind unter den Gästen. Es wurde geschrien: heyheyhey! Tritte flogen dem Kind hinterher. Begleitet von einem Haufen Flüche flitzte es zurück in den Schatten, aus dem es gekommen war. Fast in allen Ecken hockten Kinder mit verklebten Haaren, in zerschlissenen Kleidern und mit vom Sand gelb gefärbten Gesichtern. Die ruckartigen Bewegungen, die zielstrebige Aufmerksamkeit, die dunklen Punkte in den Augen, in denen kaum Verstand schimmerte, sondern nur der Drang zu überleben; wie Spatzen, dachte Kaj, wie Spatzen lagen sie auf der Lauer nach jedem Krümel, der irgendwo herunterfiel.

Er war wirklich nur ein Gast hier, mit der Möglichkeit zu verschwinden. Nicht sofort, aber irgendwann. Vielleicht schon morgen würde alles geregelt sein, er würde sein Geld zurückbekommen, seinen Pass, den Rucksack, dann würde er an die Ostküste fahren und den nächstbesten Flug nehmen. Auf ihn wartete dann eine Wohnung mit einer Küche, einem Kühlschrank, einer Dusche und einer Toilette. Natürlich hatte er auch dort im Moment keine Arbeit. Aber das ließ sich bestimmt leicht ändern. In der Fabrik würden sie ihn wieder aufnehmen, da war er sicher. Er war ein guter Arbeiter. Ein Tier aus der Zoohandlung, eine Art Hundewelpe, in eine Decke gehüllt mit der Aussicht auf Futter, das war er. Versehentlich war er freigelassen worden. Und nun hockte er mit wilden Tieren um das einzige Wasserloch herum. Wer von denen interessierte sich für ihn? Warum sollte die Wildnis gerade ihn verschonen?! Warum sollte er nicht einfach von ihr verschluckt werden. Vielleicht war gerade sein Optimismus, der Glaube, alles würde gut werden, die Denkweise eines zahmen Tiers, kurz bevor es gefressen wird.

Schlag mich, hatte sein Vater gesagt.

Ich will es nicht.

Du brauchst keine Angst zu haben, es ist gut, wenn du wütend bist!

Vater, ich bin dir nicht böse.

Mach dich nicht lächerlich! Wehr dich!

Vater!

Sei bloß nicht so ein Jammerlappen! Na los, schlag zu!

Das war die letzte Erinnerung an seinen Vater, bevor dieser aus seinem Leben verschwunden war, ohne eine Adresse zu hinterlassen, ohne sich je wieder bei ihm zu melden. War er in seine alte Heimat gereist, um sich auf die eine oder andere Seite zu schlagen? Bestimmt saß er nur in irgendeiner Bar oder einem Bordell im nächsten Ort.

Ich lass dich allein, ich lass dich im Stich und du bist nicht wütend?

Es stimmte, er war wirklich nie wütend genug. Eine trübe Tasse, noch immer zu fröhlich für diese Welt, ein unverbesserlicher Optimist.

Als seine Mutter erfuhr, dass es mit ihr zu Ende ging, hatte sie alles in Ordnung gebracht, die Schulden abbezahlt, die Wohnung geputzt, besenrein gemacht, einen Warnhinweis an die Tür gehängt, sich wegen der Exkremente auf eine Plastikplane gelegt und sich mit Kohlenstoffdioxid umgebracht. Sein Vater hatte es immer ihr Vermächtnis an sie beide genannt. Sie war so gestorben, wie sie gelebt hatte, konsequent und hart zu sich selbst. Er hasste seine Mutter für diese Eitelkeit. Natürlich konnte das alles auch nur eine Erfindung des Vaters sein. Kaj erinnerte sich nicht wirklich an seine Mutter. Sie hatte sie beide früh verlassen. Wohin genau sie gezogen war, konnte er nie in Erfahrung bringen, und irgendwann war sie dann tot. Zumindest hatte der Vater das behauptet.

Amüsierst du dich gut? Der Pinguin nahm sich einen Donut aus Kajs Schachtel. Sein Gesicht war verschwitzt, aber er schien glücklich zu sein.

Zum ersten Mal an diesem Abend, so kam es Kaj vor, blickte er in ein wirklich glückliches Gesicht.

Hast du deine Michelle schon entdeckt? Irgendwann tauchen sie alle hier auf. Oder hast du sie nur erfunden? Um dich wichtig zu machen, sagte der Pinguin. Wenn das wahr wäre, würde er für immer erledigt sein. Dann könnte er nicht mehr zwischen einem Opfer und einem Betrüger unterscheiden. Der Pinguin zeigte mit dem angebissenen Kringel zur Rampe.

Etwas hatte sich dort verändert, eine große Schiebetür gab jetzt den Blick ins Innere der Pyramide frei. Beigefarbene Wände, goldene Fackeln mit elektrischen Flammen. Hochgewachsene Gestalten stießen mit Champagnergläsern an, Herren in Anzügen und eine Dame in einem Glitzerkleid mit hochgestecktem blondem Haar. Sie lächelten über alle hinweg. Sie sahen so sauber, so schimmernd und so freundlich und großzügig aus, als erwarteten sie von den Gästen Beifall für ihr Erscheinen.

Es konnte sich um die Spender des Abends handeln. Wahrscheinlich waren es nur Gäste des Hotels, echte Gäste, die sich zum Hintereingang verirrt hatten.

Tatsächlich schwoll der Lärm vor der Rampe an, als hätte das Fest durch ihr Erscheinen einen viel offizielleren Charakter angenommen, als wäre erst jetzt die Scham des Bettelns der puren Ausgelassenheit einer Feier gewichen. Als ob der Beifall gleich wirklich beginnen sollte.

Kaj trat mit dem Knie gegen den Sack, und die Masse rutschte nach. Es war die Zeit zwischen drei und vier Uhr morgens, kurz vor dem toten Punkt. Gleich würde er sich einen Kaffee aus dem Automaten holen müssen. Wenn er so müde war, vermochte er der Fabrik nie lange zu entfliehen, stattdessen fiel er sofort zurück und es blieben ihm nur noch der Körper, die Gerüche der Fabrik und der Wunsch, nach Hause zu gehen, sich hinzulegen, etwas zu essen, die Zeit ohne all das totzuschlagen.

Alle um ihn herum arbeiteten für sich allein. Wo waren sie? Konnte es sein, dass sie wirklich alle nur hier waren?! Ein Hubwagen fuhr durch den Plastikschleier am Hallentor. Zum ersten Mal bekam er Angst vor diesem Ort und er beschloss, etwas dagegen zu unternehmen. Er zog die Handschuhe aus, auf dem Weg an den Förderbändern vorbei nahm er auch die Schutzmaske ab, und als er an der Kiste war, riss er sich auch das Haarnetz vom Kopf, und er zögerte auch nicht, sich mit beiden Händen die Hosentaschen mit Brühwürfeln vollzustopfen. Eine ungute Heiterkeit zerrte an seinen Lippen, als er die Halle durch den Plastikschleier verließ.

Kaj hatte erwartet, auf der anderen Seite sofort angesprochen zu werden. Doch zunächst war da niemand, keine Menschenseele weit und breit. Keiner schien sich für ihn zu interessieren, trotz seines Diebstahls. Nichts rührte sich. In einer Ecke leuchtete das rote Licht einer Überwachungskamera auf. Einen Moment lang glaubte er, die Kamera würde ihm folgen. Aber das hatte er sich nur eingebildet, in Wahrheit wusste er, diese Kameras verfolgten niemanden, sie waren fest installiert, und die schwarzen Linsen starrten völlig regungslos in die Flure.

Eine Tür wurde aufgestoßen und zwei Männer traten heraus.

Er erkannte den Vorarbeiter mit den bis an die Hände tätowierten Armen und den Angestellten aus der Verwaltung, der sich so gut mit Léon verstand.

Kaj blieb stehen, das Kinn zitterte, Tränen traten ihm in die Augen. Wie schlecht musste sich die Arbeiterin mit den hohen Wangenknochen gefühlt haben, als sie hier an seiner Stelle gestanden hatte. Sicherlich hatte sie Angst und schämte sich, tödlich verletzt.

Die beiden Männer unterhielten sich weiterhin unbeeindruckt an der Tür.

Gleich würde er ihnen ins Gesicht schreien, was er von ihren Methoden hielt, unschuldigen Menschen solche Fallen zu stellen.

Eine ganze Weile lang geschah nichts. Aus der Halle waren die Förderbänder zu hören und aus den Deckenschächten die Lüftung.

Der Verwaltungsangestellte stand mit dem Rücken zu Kaj, das Gesicht des Vorarbeiters konnte er sehen, doch der beachtete ihn nicht. Nur für einen Moment schien es, als habe er den Blick auf Kaj gerichtet. Der Verwaltungsangestellte trat von einem Bein aufs andere, wobei die Schuhsohlen quietschten.

Kaj wusste nicht, was jetzt zu tun war, weitergehen oder sie fragen, was das alles sollte. Für alle Fälle machte er sich bereit, sich zu verteidigen. Gleichzeitig stieg in ihm der Verdacht auf, dass er auf eine dumme Geschichte von Léon hereingefallen war. Das Gewicht der Brühwürfel zog mehr und mehr an seiner Hose.

Der Vorarbeiter fragte ihn, was er von ihnen wolle.

Die Kisten! Sind die Kisten wirklich Fallen? Wenn sie es wirklich sind, dann möchte ich sagen ... Er kam nicht weiter.

Nun sah auch der Verwaltungsangestellte zu ihm, und Kaj war irritiert über die Anteilnahme, die sich auf dem Gesicht ausdrückte. Fast wäre Kaj auf sie zugegangen, aber er besann sich und blieb trotzig und fest an derselben Stelle stehen. Dafür sprach er jetzt lauter: Ich wollte fragen, ob die Kisten wirklich Fallen sind.

Wir verstehen nicht, was Sie überhaupt meinen. Der Verwaltungsangestellte hatte das Wort ergriffen und ging nun auf Kaj zu, der im gleichen Moment einen Schritt zurückwich und eine Handvoll Brühwürfel aus seiner Hosentasche holte.

Die Kisten wurden nicht aufgestellt, um Diebe zu fangen?!

Wollten Sie die etwa mit nach Hause nehmen?

Verboten, sagte der Vorarbeiter entschieden.

Woher soll ich das wissen?! Kaj hatte beinahe wütend geklungen, noch immer streckte er ihnen die Brühwürfel auf der Hand entgegen. Woher soll das überhaupt jemand wissen, sagte er leiser.

Das sei doch ganz normal, begann der Verwaltungsangestellte zu erklären. Man darf einfach nichts mitnehmen, was einem nicht gehört. Stellen Sie sich vor, ich bin bei Ihnen zu Hause. Was könnte ich mitnehmen, ohne Sie vorher fragen zu müssen?

Das ist kein Müll, schrie der Vorarbeiter fast.

Kaj hatte sich nicht gerührt. Es war klar, dass der Vorarbeiter sich nur wegen des Verwaltungsangestellten zurückhielt. Wahrscheinlich erwarteten sie jetzt, eine Erklärung oder besser noch eine Entschuldigung von ihm zu hören.

Auch die Haltung des Verwaltungsangestellten hatte begonnen sich zu verändern, sie drückte bereits ein wenig Ungeduld aus.

Übrigens ist es gut, dass wir uns hier treffen. Ich wollte schon lange mit Ihnen sprechen. Kommen Sie morgen in mein Büro!

Nein, sagte Kaj und kurz fühlte er sich, wie sich ein Mensch mit Höhenangst auf einem Zehn-Meter-Brett fühlen musste. Allerdings hatte er auch sofort gespürt, wie erbärmlich sein Verhalten war und dass er sich im Grunde genommen lächerlich machte. Gerade das ließ die Wut in ihm endgültig überkochen, zumindest hatte er jetzt das starke Gefühl, den beiden Männern seine Wut auch zeigen zu müssen, und so schleuderte er ihnen die Brühwürfel vor die Füße. Ich komme nicht!

Selbst ein wenig erschrocken über die Lautstärke seiner Stimme und unfähig, ein weiteres Wort auch nur zu denken, lief er zurück in die Halle und an seine Maschine, das Gesicht brennend vor Scham, das dumpfe Geräusch der auf den Boden klatschenden Brühwürfel in seinem Kopf.

Der Pinguin zupfte ein paar Töne.

Kaj war aufgefallen, dass der Pinguin es zwar kaum erwarten konnte, zur Band zurückzukehren, ihn aber irgendetwas zurückzuhalten schien. Vielleicht spürte er, dass ihn dort niemand vermisste.

Sie hätten zusammen einen richtigen Ohrwurm geschaffen, sagte der Pinguin und summte die Melodie mit. Aber was ist mit diesem Kaiser los? Ich kriege den Text nicht aus dem Kopf. Schlag ihn hart, schlag ihn tot? Er frage sich, was das bedeuten solle. Politische Botschaften sind schlecht fürs Geschäft! Und wie, mein Freund! Aber die Melodie ist gut geworden. Der Pinguin spielte die Melodie erneut und sang dazu, aber diesmal einen anderen Text, etwas über Liebe und Liegestühle am Strand.

Auf der Rampe, auf der eine Palette bauchiger Flaschen enthüllt worden war, gab es Beifall und lautes Gejohle. Auch die echten Gäste feierten mit, klatschten die Hände über dem Kopf zusammen, pfiffen oder schwangen die Hüften.

Die Flaschen enthielten eine bräunlich-gelbe Flüssigkeit, die Kaj an Benzin erinnerte.

Jeder mag nette Geschichten, sagte der Pinguin, nachdem er die Ukulele wieder zur Seite gelegt hatte. Manchmal gingen ihm auch solche Dinge durch den Kopf. Dinge, die nicht nett seien. Besonders in Nächten, in denen er Zeit habe. Ob Kaj schon einmal mit dem Flugzeug über die Stadt geflogen sei, wollte er plötzlich wissen. Er nicht! Aber man habe ihm gesagt, dass die Stadt von oben wie ein Termitenbau aussehen würde. Er sei sich sicher, dass Kaj wisse, wovon er rede. Er habe solche Bauten bestimmt schon einmal irgendwo gesehen. Er selbst schaue oft Tiersendungen. Kaj auch? Vielleicht habe Kaj in so einer Tiersendung etwas über Termiten gehört, darüber, wie sie miteinander kommunizieren. Es geschieht über Botenstoffe! Und da frage er sich, ob es nicht sein könne, dass diese Termiten Glück empfänden, wenn sie auf so einen Botenstoff stießen. Echtes Glück! Nur ohne darüber nachdenken zu können. Sie wären dann so etwas wie Süchtige. Völlig kaputte Junkies wären diese Termiten! Für die nichts anderes zählte als die Substanz und der Kick, den sie dadurch erfuhren. Sie wären blind und taub für die Welt. Sie nähmen sie nur als eine einzige Quelle von Botenstoffen wahr. Ihr Glück wäre ein Haufen von Botenstoffen und ihr Unglück eine Welt ohne. Das Ziel der Termiten müsste dann doch sein, alles um sich herum in Botenstoffe zu verwandeln. Egal, ob sie dabei krepierten. Egal, was sie dafür auch tun müssten. Und weiter habe er sich gedacht, dass sie ja eigentlich ebensolche Tiere wie die Menschen seien. Also irgendwo in der langen Karriere des Lebens überschneiden sich die Linien ihrer und unserer Vorfahren. Es müsse doch so sein, dass die Termiten etwas von uns hätten, und wir hätten etwas von ihnen. Sei es daher nicht logisch, dass sich die Termiten über viele Umwege in so etwas wie Menschen entwickeln könnten? Und wäre es dann nicht ebenso wahrscheinlich, dass wir auch zu so etwas wie Termiten werden? Es könnte doch sein und wäre vielleicht sogar naheliegend, dass zu solchen Transformationen nur Kleinigkeiten notwendig sind: Eine Termite, die aufgrund irgendeiner genetischen Veränderung immun gegen den Botenstoff wird, oder bei den Menschen beginnt sich eine Abhängigkeit für einen bestimmten Botenstoff zu entwickeln. Und jetzt sieh dir unsere Stadt an! Dieser Haufen Sand mitten in der Wüste! Ich meine nicht all die stinkenden Junkies, und ich meine nicht die Spieler, die hier alle verrecken. Ich spreche von der Transformation, die hier pausenlos und im großen Stil stattfindet. Die Pyramide, dieses uralte Symbol für eine Lebensweise, die keinen Sinn ergibt. Wie sich hier alles in eine Sache verwandelt. Und ich spreche nicht von Sand! Der Pinguin schaute zur Seite, als sei es ihm peinlich, dass er seine Gedanken vor Kaj ausgebreitet hatte. Das sei eine der Geschichten, die er nicht unter seinem Bett finden würde, sagte er. Die Leute hier verstünden etwas von guten Geschichten. Und die hier ist nicht gut! Auf einmal sprang der Pinguin auf und eilte los, um ihnen, wie er sagte, ein gutes warmes Bier zu beschaffen.

Während der Pinguin noch an der Rampe anstand, glaubte Kaj, Michelle unter den Champagnergästen zu sehen, ihre schlanke Gestalt in einem schwarzen, flatternden Kleid, ihren grazilen Hals, ihr blasses Gesicht, irgendwo darin das Blutrot ihrer Lippen. Aber dann war sie wieder verschwunden, und Kaj war sich nicht mehr sicher, ob er sie wirklich gesehen hatte.

In einem seiner Bücher hatte Kaj einmal eine Geschichte über eine alte Frau gelesen, die versuchte, sich mithilfe einer Zwiebel aus dem Feuersee zu retten, in den der Teufel sie gestoßen hatte, und gerade fragte Kaj sich, ob es sein konnte, dass er für den Pinguin diese Zwiebel war. Sollte es denn ernsthaft so sein, dass die bloße Möglichkeit, einer Schönheit wie Michelle nahezukommen, für den Pinguin ausreichte? Es konnte doch nicht sein, dass er wirklich nur daran interessiert war zu sehen, ob Michelle, weil sie auf Kaj stand, auch auf ihn stehen würde.

Das Bier, das der Pinguin brachte, war wärmer als die Nacht.

Kaj war sich sicher, dass er noch nie etwas so Mieses wie das hier getrunken hatte. Dieses Bier hatte sein Verfallsdatum sicher schon um einige Jahre überschritten. Trotzdem sah Kaj niemanden, der sich auch nur im Geringsten davor ekelte; im Gegenteil, die meisten tranken die Flaschen mit großem Vergnügen aus, und sogar der Pinguin schüttete das Zeug einfach in sich hinein.

In dem Lied geht es um den Spatzenkaiser, sagte Kaj, der plötzlich Lust bekam, dem Pinguin auch seine Geschichte zu erzählen. Ihm war aufgefallen, dass der Pinguin ein paar Dinge ähnlich wie er sah, und Kaj mochte ebenfalls Geschichten, sie brauchten gar nicht so nett zu sein. Aber vielleicht war es auch der Zucker von den Donuts, der Kaj aufgeputscht hatte. Es sei ein Lied, das jedes chinesische Kind kennen würde, sagte er, und weil der Pinguin gar nicht überrascht aussah, erzählte er weiter: Das chinesische Volk wird von einem schlechten Gewissen geplagt wegen eines Verbrechens, das vor langer Zeit begangen wurde. Schreckliche Dinge sind geschehen. Auf grausamste Art und Weise hat man sich an den Spatzen vergangen. Dabei haben sie alle bis auf den letzten ausgerottet. Dafür gab es natürlich Gründe, denn neben Fliegen, Ratten und Mücken waren die Spatzen die größten Schädlinge im Land. Sie stahlen von den Chinesen, wo sie konnten, und fraßen jeden Krümel vom Boden. Und so beschlossen die Chinesen in einer einzigartigen und beispiellosen Aktion, die Spatzen in die Luft zu treiben, bis sie vor Erschöpfung sterbend herabfielen. So flatterten die Spatzen zu Millionen in den Tod, und die Chinesen sammelten sie ein und verbrannten sie auf den Feldern, während sie selbst dabei noch sangen. Es fühlte sich wie eine saubere Lösung an, es kostete nicht viel Energie oder Zeit, und das Ergebnis war überwältigend. In der ersten Phase nach dem Sieg über die Spatzen überwog dann auch das Gefühl des Stolzes. Jeder wollte dabeigewesen sein, vereint gegen die Spatzen, gemeinsam hatten sie die Plage besiegt. Aber irgendwann, viel später, Jahre nachdem die Auswirkungen der Maßnahmen sichtbar geworden waren, die Missernten und die Hungersnöte, und als all die schrecklichen Umstände, die begangenen Gräueltaten, die politischen Fehler und wissenschaftlichen Irrtümer von den meisten schon vergessen waren, kam diese Legende auf, dass die Spatzen einen Kaiser haben, der seiner Vernichtung entgangen war und von jedem einzelnen Chinesen Rechenschaft forderte. Also begannen die Erwachsenen, den Kindern dieses Lied beizubringen. Die Chinesen zogen es vor, sich über diesen Rächer lustig zu machen. Denn was für ein Kaiser konnte das schon sein, dieser Spatz mit dem winzigen Schnabel und den kleinen, mit Krallen bewehrten Füßen. Sie drohten ihm, ihn mit einem Knüppel zu erschlagen, wenn er es jemals wagen sollte, wirklich zu erscheinen. Deshalb hat auch heute noch jeder Chinese einen Knüppel hinter der Tür, falls der Spatzenkaiser vorbeikommt.

Auch nicht gut! Der Pinguin schüttelte den Kopf.

Erst jetzt wurde Kaj klar, dass er dem Pinguin eine ganz andere Geschichte erzählt hatte als die, die er sich immer während der Nachtschichten ausmalte.

Du und ich, wir sind echte Spatzenhirne! Mein Freund, so sieht's aus!

III

Würden sie ihn ins Hotel lassen trotz seines zerrissenen Kostüms, seiner verschorften Knie und der Schrammen in seinem Gesicht? Wenigstens trug er noch Schuhe. Wenn er gefragt würde, könnte er doch behaupten, er sei auf einem Kostümball gewesen und betrunken hingefallen. Sie könnten ihm aber auch neue Kleidung besorgen.

Der Pinguin schien von einem Fieber befallen. Ob es das Bier war oder der ganze Zucker in den Donuts oder etwas anderes, das Kaj vielleicht nicht bemerkt hatte? Er bereute schon jetzt, dem Pinguin von seiner Erscheinung zwischen den elektrischen Fackeln erzählt zu haben.

Von außen sieht es viel größer aus als von innen! Und man kann immer jemanden fragen! Du wirst nicht glauben, wie hilfsbereit alle sind, wenn du erst einmal drinnen bist. Du könntest ja jemand sein, der zählt.

Sie will mich nicht sehen, fiel er dem Pinguin ins Wort.

Spielt keine Rolle! Sie wird sich an dich erinnern und wird reagieren müssen. Wenn du ihr nicht gegenübertrittst, wird überhaupt nichts passieren und wir haben jede Chance verloren.

Welche Chance?!

Sei nicht so naiv, sieh uns an!

Der Pinguin sah wütend aus, und Kaj bereitete sich schon auf einen Kampf mit ihm vor; in seiner Erschöpfung wuchs aber auch die Angst vor Schmerzen und davor, selbst die Kraft aufbringen zu müssen, der Gewalt des Pinguins mit derselben Gewalt zu begegnen. Eigentlich spürte er ja, dass er dazu nicht in der Lage wäre, sondern sich einfach verprügeln lassen würde. Am liebsten hätte er unsichtbar und unantastbar in einer Ecke gesessen, zugesehen und zugehört und irgendwann nur seinen eigenen Gedanken nachgehangen. Warum war eine Nacht nicht einfach eine endlose Nacht, wenn er es wollte? Warum konnte er jetzt nicht einfach endlos darauf warten, dass nichts passierte?

Er habe eine bessere Idee, sagte Kaj, weil ihm etwas eingefallen war, in der Hoffnung, der Pinguin würde sich beruhigen. Und tatsächlich, der Pinguin stieß einen lang gezogenen Seufzer aus und wollte Kajs Idee hören, als wäre auch er erleichtert, seine Kraft nicht in einem unnötigen Gewaltausbruch verschwenden zu müssen. Noch bevor Kaj antworten konnte, brach Chaos aus.

Es hatte mit einem Zischen begonnen, das von der Rampe aus zu hören war, als ob ein Sack voller Klapperschlangen ausgeschüttet worden wäre. Rauch stieg auf, wurde schnell dichter, und bald breiteten sich dicke Schwaden in alle Richtungen über den Hof aus. Von überallher ertönten Schreie und Rufe; Schreie des Entsetzens, auch der Enttäuschung und Empörung. Einige Leute sprangen von der Rampe, und Kaj musste an Affen denken, die aus einem Baum fielen. Andere rannten bereits, die Hand oder das Hemd vor dem Mund, in Richtung Ausgang.

Der Pinguin legte seine Hand auf Kajs Schulter. Die Geste war Kaj so natürlich vorgekommen, als gäbe es im Pinguin noch einen Rest von unverstellter Menschlichkeit. Vielleicht wollte er aber auch nur, dass Kaj nicht abhaute.

Obwohl alle versuchten, vor den Schwaden zu fliehen, gab es auch eine Bewegung in den dichter werdenden Rauch hinein. Die Kinder und auch einige der zerlumpten Penner sahen wohl jetzt ihre Chance, sich ungestört an den Gaben zu bedienen.

Kaj verspürte keinerlei Angst. Er war von dem, was geschah, nur völlig überfordert. Am liebsten hätte er einfach nur dagesessen und abgewartet, was als Nächstes passierte, als ginge ihn alles überhaupt nichts an.

Aus dem Rauch traten einige Gestalten mit Gasmasken, mit Behältern auf dem Rücken und einem dünnen Stab in der Hand, mit dem sie den Rauch über die Rampe und zwischen die Paletten sprühten. In alle Ritzen und Löcher steckten sie ihren Stab, und Wolken türmten sich wie Zuckerwatte auf.

Erst als Kaj ein giftiges Kratzen im Hals spürte und ihm Wasser in die Augen schoss, im selben Moment, als der Pinguin ihn an seinem Anzug in Richtung Tor zerrte, wurde auch er von Panik ergriffen und rannte los; zuerst mit Beinen, die ihm nicht gehorchen wollten, er strauchelte und musste die Hände benutzen, um wieder hochzukommen, dann immer schneller und schließlich rannte er um sein Leben bis zu einer unbeleuchteten Straße, von der aus er die Sterne wieder an einem ungetrübten Himmel sehen konnte.

Die Werkssirene ertönte. Kaj sah auf, zu den offenen Fenstern der Mischerei, er hörte Geschrei und Getrampel.

In der Mischerei befand sich die Säure. Es kam auch vor, dass jemand beim Versuch, Masse nachzuschieben, mit der Hand in eine Schnecke geriet.

Die Tür zum Innenhof wurde aufgestoßen. Es war Léon, er zündete sich eine Zigarette an. Er trug die weiße Latzhose aus der Mischerei, sein Gesicht war blass, an seinen Beinen waren rote Spritzer. Das hätte alles Mögliche sein können, Kirsche oder Rinderblut oder Himbeere. Es gab auch gelbe, grüne und braune Spritzer auf dem Overall. Kaj nahm die Zigarette aus der Schachtel, die Léon ihm hinhielt.

Ein Wagen ist umgekippt. Keine schöne Sache. Das Knie ist wahrscheinlich hinüber.

Gut, dass ich nicht in der Mischerei arbeite, sagte Kaj.

In der Mischerei geht niemand in Rente.

Kaj hatte so etwas in der Kantine gehört, wegen der Stärke in der Luft. Trotzdem dachte er, dass Léon übertrieb.

Der Lohn muss gut sein.

Léon nahm einen kräftigen Zug von seiner Zigarette. Noch ist die Bezahlung gut! Betonung auf *noch*.

Aus der Ferne war die Sirene eines Krankenwagens zu hören. Leon fragte ihn, warum er sich nicht im Büro gemeldet hatte.

Kaj wunderte sich, dass Léon das Thema ansprach. Er hatte gar nicht mehr darüber nachgedacht, schon nach ein paar Minuten an der Maschine war es ihm nicht mehr wichtig erschienen. Er konnte sich überhaupt nicht vorstellen, dass andere sich mit ihm beschäftigten oder gar, dass jemand über ihn sprach.

Willst du für immer Suppe einpacken?!

Alles hat doch irgendwann ein Ende, antwortete Kaj. Außerdem sollte man sich nicht mit unnützen Dingen aufhalten, zitierte er einen Satz, den er in seinem dicksten Buch gelesen und sich dann rausgeschrieben hatte.

Léon legte den Kopf zurück und hielt sein Gesicht in die Sonne. Er gähnte mehrere Male ausgiebig.

Du hast wahrscheinlich recht, sagte er nach einer Weile. Was würden sie dir schon bieten?! Du bist mehr als das!

Was möchtest du denn, dass ich bin?

Wenn du ihrem Weg folgst, kommst du nur so weit, wie sie dich lassen.

Kaj erinnerte sich daran, was Léon über die Fallen gesagt hatte.

Schmeißen sie mich nicht sowieso raus?!

Eine Zeit lang rauchten beide schweigend.

Aus dem Fenster im Obergeschoss ertönten Stimmen, eine redete beruhigend auf jemanden ein und eine stöhnte und fluchte abwechselnd.

In zwei Wochen bin ich fertig, sagte Léon, als hätte er geahnt, was Kaj ihn fragen wollte. Er würde auf die Universität gehen, und davor plante er eine lange Reise.

Kaj war nicht überrascht, nur kam er sich jetzt noch unbedeutender vor. Léon war auf Abenteuerurlaub in der Fabrik, und Kaj musste für ihn so etwas wie ein Eingeborener sein.

Cool.

Verstehst du nicht?! Muss man dir alles erklären?! Hast du genug Geld?

Kaj hatte wirklich etwas zur Seite gelegt. Bereits den vierzehnten Monat in Folge zahlte er einen Teil seines Lohns auf ein Sparkonto ein. Zusammen mit dem Geld aus den Ferienjobs ergab das eine Summe, die Kaj gar nicht mal so klein vorkam, als er sie aussprach.

Das Sirren der Mischmaschinen setzte ein, die Edelstahlschnecken begannen sich zu drehen.

Léon ließ die Zigarette fallen und sagte, er habe auch nicht viel mehr. Dann ging er wieder hinein.

Die Sirene schallte von den Wänden zurück. Der Krankenwagen musste jetzt am Haupteingang stehen. Kaj rauchte seine Zigarette noch bis zum Filter. Er versuchte sich vorzustellen, was dieses *nicht viel mehr* bedeutete.

Kaj stützte sich mit den Händen auf den Knien ab, hustete und spuckte.

Am Ende der Straße zogen gelbe Schwaden wie ein nächtlicher Sandsturm vorbei, und die letzten Reste der Party verzogen sich in ihr als Schatten.

War das wirklich nur Insektengift, wie der Pinguin ihm zugerufen hatte? Das Gift war bestimmt für sie selbst gedacht, und er hatte sich an etwas Verbotenem beteiligt. Kaj schaute sich in alle Richtungen um. Die Sterne funkelten, die Luft bewegte sich kaum, es war jetzt fast still.

Wenigstens hatte er es geschafft, den Pinguin loszuwerden. Er sah wieder an sich herunter, er sah immer noch elend aus, es war nicht besser geworden. Bald ging die Sonne auf, dann wäre er erledigt. Kaj schleppte sich zurück zu der Straße, von der er gekommen war.

Der Pinguin rief nach ihm, und Kaj war tatsächlich erleichtert, seine Stimme zu hören. Er hob die Hand, und auch der Pinguin winkte ihm zu, mit der Ukulele um den Hals. Unter seinen Achseln klemmten goldene Schachteln, und in einer Hand hielt er eine bauchige Flasche. Schon von Weitem erkannte Kaj die rot geschwollenen Augen.

Der Pinguin hielt ihm das Bier mit einem Lächeln hin und wirkte derart freundlich, dass Kaj ebenfalls lächeln musste, auch wenn er das Bier ablehnte.

Kaj suchte nach Worten für seine Empörung.

Der Pinguin winkte nur ab. Es sei eine schlechte Organisation, Vergiftung und Fütterung auf dieselbe Stunde zu legen, und er entschuldigte sich bei Kaj mit einer Verbeugung.

Irgendetwas an der Art, wie der Pinguin sich bewegte und sprach, machte Kaj Angst. Der Pinguin schaute ihn kaum an, und wenn er es tat, blitzten seine Augen, als würde er jeden Moment zuschlagen.

Mein Rucksack, alle meine Kleider, ein Paar Schuhe, ein Gaskocher, Blechgeschirr und -besteck, eine Taschenlampe, nahm Kaj seine Idee von vorhin wieder auf. Wenn wir das alles zurückbekommen, gehört es dir! Ich will nur meinen Pass.

Wie er sich das vorstelle, wollte der Pinguin wissen.

Du lockst den Besitzer des Hostels aus seinem Büro, so weit weg wie möglich. Ich schleiche mich rein. Keine fünf Minuten später hast du das Zeug.

Der Pinguin schlug die Faust in die Hand, und zum zweiten Mal in dieser Nacht blickte Kaj in ein wirklich glückliches Gesicht.

Wie zwei echte Freunde schlenderten sie nun über den Strip, und sie aßen Donuts aus ihren goldenen Schachteln.

Der Pinguin redete vor sich hin und erzählte Kaj Dinge aus seinem Leben, als ob sie sich schon ewig kennen würden.

Er hatte die Stadt nur einmal verlassen, als er mit dem Vater auf Tournee gegangen war. Der lebte damals von Zaubershows für Firmenfeiern. Selten etwas Großes. Nur dieses eine Mal war er zu einer wirklich bedeutenden Firma eingeladen, sie bezahlten sogar die Busfahrt. Er sei noch ein Schulkind gewesen, sein Vater, damals schon sehr alt und gebrechlich, hätte die Koffer nicht tragen können. Das sei dann seine Aufgabe geworden und er habe mitgedurft. Während der Zaubershow sollte er auch die Requisiten reichen. Bei der Show hätten sie dann auf einer Bühne vor bestimmt fünfhundert Zuschauern gestanden. Und dann habe der Vater mit seinen Karten und Münzen alles vermasselt. Nicht, dass ihm etwas wirklich misslungen wäre. Aber denk dir! Fünfhundert Zuschauer, er ist die Attraktion des Abends und dann Karten und Münzen und der alte Furz, der hofft, dass die Leute ihn mögen! Danach habe er ein Jahr lang kein Wort mehr mit seinem Vater geredet. Alter Furz! Der Pinguin stöhnte und nahm noch einen Bissen von dem Donut.

Ich dachte, ich pinkle in seinen Pool und provoziere ihn, bis er hinter mir her ist, sagte der Pinguin ein paar Schritte später. Der Typ ist ein Wiesel! Wie viel Zeit wirst du wohl brauchen? Ich kenne ihn gut, er hat hier schon einiges abgezogen. Das kann ich dir sagen, mein Freund! Dann veränderte sich mit einem Mal der Ausdruck in seinem Gesicht. Wenn du wegläufst, begann er, Kaj mit erhobener Faust drohend. Ich werde dich finden! Oh, ja! Daran besteht kein Zweifel!

Im Grunde war dieser Pinguin nur ein erbärmlicher Wicht, musste Kaj denken, während er mit größerem Abstand neben ihm herlief. Sein einziger Freund hier war auch sein größter Feind. Beides wog nicht besonders schwer. Vielleicht würde er sogar den Kampf mit ihm gewinnen, wenn es darauf ankäme. Ja, er würde den Pass besorgen und dem Pinguin alles geben, wie versprochen. Nur das Schweizer Taschenmesser wollte er behalten. Dafür würde er sicher genug Geld für eine Busfahrkarte bekommen.

Das Taschenmesser war ein Geschenk, das Léon ihm zu Beginn der Reise gemacht hatte.

So sei wenigstens eine Sache an ihm reisetauglich, hatte er gesagt.

Kaj bekam eigentlich nie Besuch in seiner Wohnung. Und jetzt, da Léon hier war, kam sie ihm nur grau und klein vor. Das einzige Fenster war verschmiert. In allen Ecken lag Staub. Er hätte wirklich putzen müssen.

Léon schaute aus dem Fenster, man konnte von dort aus in die Wohnungen des gegenüber liegenden Blocks sehen.

Kaj hatte alle Sachen, die er mitnehmen wollte, auf dem Bett ausgebreitet. Der Rucksack war teurer gewesen, als er angenommen hatte. Also hatte er eine kleinere Größe gekauft und Léon gegenüber behauptet, es sei wegen des Gewichts. Er hatte auch auf die empfohlenen Impfungen für die Reise verzichtet. Ebenfalls aus Angst vor den Kosten. Er hatte nicht mal gefragt, ob die Versicherung dafür aufkam. Allein schon die Frage war ihm zu peinlich erschienen.

Es war einfach gewesen, die Kündigung in den Briefkasten zu stecken, aber dann wieder in die Fabrik zu gehen, war unmöglich. Er hatte es vorgezogen, auf die letzten drei Monate Lohn zu verzichten. Die Briefe seines ehemaligen Arbeitgebers lagen alle ungeöffnet in einer Kiste im Flur zwischen der Werbung. Er wollte die Wohnung behalten. Die Miete war wirklich nicht so teuer. Dennoch hatte er das Gefühl, dass er nie wieder zurückkommen würde. Er stellte sich vor, dass auf der Reise etwas Entscheidendes passierte, etwas extrem Fantastisches, das ihn völlig verändern würde, sodass er nie wieder hierher zurückkommen musste.

Léon blätterte in einem der Bücher, die auf dem Bett lagen. Die hast du doch schon gelesen. Lies Comics! Léon klappte das Buch zu und ging ein paar Schritte durch die Wohnung, wobei er sich streckte und mit den Händen fast die Wände berührte.

Waren die Ausschusskisten Fallen?

Klar waren das Fallen.

Das war der Grund für ihre Entlassung?

Léon setzte ein Grinsen auf. Ist da was mit ihr gelaufen? Du kannst es ruhig sagen. Da war doch was!

Kaj ärgerte sich über Léon, gleichzeitig fühlte er sich durch diesen Gedanken geschmeichelt. Er hatte Léon schon lange von seinen Gefühlen in dieser Sache erzählen wollen.

Es war schwer, immer alles für sich zu behalten.

Ich hab sie gefickt! Dieser kleinen Hure habe ich es ordentlich besorgt! Im Lager auf einem Sack Vanillegeschmack. Ist die abgegangen! Hat mir in die Hand gebissen, die Schlampe!

Ach, sagte Kaj.

Was ist denn? Léon boxte ihn gegen den Arm. Gönn es ihr!

Kaj packte Socken und Unterhosen in den Rucksack.

Es sei besser, so was weiter oben im Rucksack zu verstauen, bemerkte Léon.

Kaj nahm alles wieder heraus und warf es neben sich auf den Boden.

Was soll ich denn machen?, rief Léon. Die Mädchen laufen mir hinterher! Wenn dich das fertigmacht, solltest du nicht mit mir auf die Reise gehen! Ich werde auf dich keine Rücksicht nehmen! Dazu habe ich keine Lust! Hättest du dich für sie interessiert, wenn sie nicht die Fabrikschönheit gewesen wäre? Glaubst du, die anderen Arbeiter schauten sie nicht auch so an wie du?! Wem glaubst du, schauen die Arbeiterinnen nach? Ich bin wie sie, kleiner Freund, sagte Leon und versuchte ihm den Arm um die Schulter zu legen. Finde dich damit ab! Ob der Vorarbeiter ihm auch schon mal in die Brustwarze gezwickt habe?

Kaj schob ihn beiseite, er hatte zu weinen begonnen. Er ging zum Fenster und riss es auf.

In der Wohnung unter ihm kochte jemand Kohl. Auf der anderen Seite gingen vereinzelt Lichter in den Fenstern an, andere erloschen.

Ich verstehe ja, sagte Kaj nach einer Weile, als er hörte, dass Léon ein Bier geöffnet hatte. Aber es ist nicht leicht.

Der Pool schien zu brennen. Schatten huschten umher. Kaj tauschte einen Blick mit dem Pinguin, und einen Moment lang standen beide wie erstarrt da.

Schreie waren zu hören und Schläge und das Gejammer derer, die von den Schlägen getroffen wurden, und das Ächzen derer, die zuschlugen.

Eine schwarze Rauchfahne stieg in den Himmel.

Sirenen aus der Ferne und irgendwo am Ende des Strips pulsierte blaues Licht.

In Kaj keimte Hoffnung auf, dass sich sein Plan in dem Chaos rund um das Hostel noch leichter umsetzen lassen würde. Er wurde fast fröhlich, weil das Glück dieses Mal auf seiner Seite war, und er eilte dem Pinguin voraus.

Ein regelrechter Krieg war im Gange. Ein Haufen Männer schlug mit Fäusten, Stöcken oder Ketten auf andere Männer ein, es konnten auch Riemen oder Nunchakus sein. Der umgestürzte Grill, die zertrümmerten Fenster, eine aus den Angeln gehobene Tür. Und tatsächlich brannte das Wasser im Pool, grüne und blaue Flammen leckten empor, und immer dichtere Schwaden stiegen auf.

Kaj fiel das Fenster ein, das sich auf der vom Pool abgewandten Seite der Rezeption befand. Wenn er es jetzt eindrückte, würde es niemand hören, und von dort aus wären es nur noch ein paar Schritte bis zum Abstellraum. Der Pinguin brauchte den Hostelbesitzer gar nicht abzulenken, Kaj würde ihm den Rucksack durch das Fenster reichen, nachdem er bereits alles Wichtige an sich genommen hatte. Ihm fiel auch ein, wo der Reisepass lag, in der zweituntersten Schublade. Er bezweifelte, dass sie verschlossen war. Ein lauter Knall ließ ihn zusammenzucken, er sah sich nach dem Pinguin um, der immer noch dastand, als sei er zu einer Salzsäule erstarrt, mit einem Gesichtsausdruck, der keinen Zweifel zuließ. Der

Pinguin drehte sich um und rannte davon, als wäre ihm der Teufel persönlich auf den Fersen.

Warte!

Kaj sah ihm eine Weile nach und ging dann allein weiter.

Die Sirenen waren jetzt laut, aber kamen nicht näher, die schwarz-weiße Kolonne steckte fest, einige Wagen auf dem Strip standen quer.

Andere Menschen um Kaj herum blieben stehen und schauten sich das Spektakel an, aber immer nur kurz, dann liefen sie zügig weiter. Er allein ging darauf zu, und je näher er dem Hostel kam, desto größer wurden seine Zweifel und desto mehr schwand seine Hoffnung.

Jetzt kamen ihm zwei junge Männer im Laufschritt entgegen, es waren zwei der Handballer. Sie hatten zerschlagene Gesichter. Einer von ihnen hielt sich die Schulter, Blut sickerte zwischen seinen Fingern hervor.

Zwischen Kaj und dem Hostel lagen jetzt nur noch die unzähligen Fahrspuren des Strip. Die schwarz-weiße Kolonne kam stetig näher, und die Sirenen heulten ununterbrochen.

Zweifellos waren es die Handballer, die sich am Pool schlugen. Aber dieses Mal waren sie die Verlierer. Mächtig und siegreich standen Mitglieder einer anderen Gruppe über ihren verdrehten Körpern und versetzten ihnen letzte Tritte.

Jemand hob einen Handballer an seinem Haarschopf hoch, schlug ihm dann ins Gesicht und zog ihn wieder hoch, es sah aus wie ein finsterer Sport.

Ein Handballer versuchte, auf allen vieren von seinen Peinigern wegzukriechen, aber sie gingen neben ihm her und traten seine Arme zur Seite, sodass er mit dem Gesicht auf die Fliesen sackte. Ein anderer Handballer, auf den Knien, starrte in den silbernen Lauf einer Pistole.

Der Geruch von Ruß stieg Kaj in die Nase, zusammen mit einem süßlichen, fast würzigen Geruch von gegrilltem Fleisch.

Kaj überlegte immer noch, ob er es riskieren sollte, und er eilte über die Fahrbahn zum Mittelstreifen und ging hinter einer Palme in Deckung.

Jetzt erblickte er den Hostelbesitzer in der Mitte des Pools, wo Kaj auch schon einmal Zuflucht gesucht hatte, dort schwamm er, und Kaj meinte ihn kraulen zu sehen.

Aber der Pool stand in Flammen und der Körper des Hostelbesitzers trieb durch die schwarzen Schwaden und auch sein Haar stand in Flammen.

Kaj drehte sich um und rannte blindlings über die Straße, zwischen die Polizeiautos, die Sirenen und die heranstürmenden Beamten hindurch.

Niemand stellte sich ihm in den Weg, niemand hielt ihn auf, er floh ganz allein; zur selben Zeit erreichten die ersten Strahlen des anbrechenden Tages die Pyramide.

IV

Die Stadt erstrahlte im selben Moment, in dem ihre Lichter erloschen waren. Kaj schwitzte heftig unter dem Kostüm, schon bald würde es auch dafür zu heiß sein. Er humpelte zum nächsten Schatten. Bald würden seine Lippen wieder anfangen zu bluten. Er könnte versuchen, den Pinguin zu finden, oder es würde ihm gelingen, zu dem Ort zu gelangen, an dem die Party stattgefunden hatte. Nichts von alledem war realistisch. Er wusste nicht einmal ungefähr, welche Richtung er hätte einschlagen sollen. Wenn er sich doch nur ein Bier mitgenommen hätte.

Die Schatten der Wände hoben sich immer deutlicher von der grellen Umgebung ab. Selbst die Ameisen flohen vor der Sonne. Dann sah Kaj eine zertretene Kakerlake im Schatten liegen und die Ameisenstraße dorthin führen. Vielleicht gab es für die Ameisen gar keine Sonne.

Er hatte das Gefühl, die Gegend zu kennen, als sei er in der Nacht mit dem Pinguin diese Straße schon einmal entlanggelaufen. Es könnte aber auch ganz anders sein.

Das Einzige, was er wusste, war, dass er bald etwas zu trinken finden musste.

Der Anzug umhüllte seinen Körper wie Gänsehaut und Fieberschweiß. Bei jedem Schritt knackte etwas an ihm, als ob eine Sehne über den Knochen sprang, und manchmal landete ein Tropfen auf dem Boden unter ihm, als ob er ein Leck hätte.

Ein Satz seines Vaters kam ihm in den Sinn: Der Stärkste ist am mächtigsten allein. Wie lustig das war! Selbst sein Lachen tat ihm weh. Aber hatte sein Vater nicht im Grunde mit allem recht? War er nicht schon viel stärker als gestern?

All die Kräfte, die sich ihm entgegengestellt hatten, bis hin zu dieser unbarmherzigen Sonne, die ihn jetzt in ihrer Allmacht traf; hatte er das nicht alles überlebt? Konnte es nicht sein, dass all diese gegen ihn gerichteten Kräfte sich am Ende in ihm gebündelt hatten wie in einem Hohlspiegel? Nichts ist verloren, hieß es doch. Das war ein Gesetz! Weil er noch hier war, musste alles, was ihn vernichten wollte, jetzt doch in ihm sein. Wie konnte er dann schwach sein? War er am Ende nicht stärker als diese ganze verfickte Stadt mit all ihren abscheulichen Bewohnern? Diese elende Pyramide, die vor Hass glühenden Berge, der Himmel und alle Sterne. Was für eine perverse Sonne muss das sein, dass sie all ihre Kraft einsetzt, um ein unbedeutendes Wesen wie ihn auszulöschen? Du verficktes Nichts aus brennendem Gas! Danke, Vater, dass du mir das gezeigt hast! Nie wieder werde ich schwach sein! Ich hätte dir ins Gesicht schlagen sollen! Mit meiner Faust in dein Gesicht! Deine blöde Fresse! Sobald ich dich finde, schlage ich dich tot!

Kaj hatte inzwischen den Rand des Schattens erreicht und hielt sich an einem Zaun fest. Vor ihm war eine Reihe von Müllcontainern, und ein Stück weiter war schon wieder der Strip mit all den glänzenden Wagen und Menschengruppen, die jetzt zu den Frühstücksbuffets pilgerten.

Er überlegte, ob es nicht besser wäre, sich hinter einem der Container schlafen zu legen. Zumindest bis die größte Hitze vorbei war. Er würde ja nicht sofort verdursten. In der Zwischenzeit konnten seine Wunden heilen. Am Abend fiele ihm dann sicher alles gleich leichter. Der Reisepass und sein Rucksack waren ja noch im Hostel. Der Hostelbesitzer war zumindest aus dem Weg, und der Pinguin hing nicht mehr an ihm. Es sah gar nicht so schlecht für ihn aus. Er hörte hinter sich ein Rascheln wie von Federn, als mit einem Knall ein Schmerz seinen Oberschenkel erfasste und er einknickte und gegen den Zaun fiel. Er sah sich von einer Horde Kinder umstellt, die jetzt mit Gummischläuchen auf ihn einschlugen, sobald er den Blick hob. Er drehte ihnen den Rücken zu und verbarg seinen Kopf zwischen den Armen, da peitschten sie ihm auf den Rücken. Er krümmte sich, stöhnte und schrie, aber bei jedem seiner Schreie trafen ihn die Schläuche erneut, und er verstand schnell, dass man wollte, dass er still war und sich nicht bewegte. Er verstand es, trotz der Schmerzen, denn etwas in ihm begriff genau, was geschah.

Die Kinder scherzten untereinander und unterhielten sich lautstark über verschiedene Musiktitel. Ein Kind fragte das andere, was es von dem neuen Titel von dem und dem hielte, und das andere schimpfte über die Beats und erwähnte stattdessen den neuen Titel von jemand anderem.

Kaj begriff, dass es sich dabei nur um eine Vorstellung für die Passanten auf dem Strip handelte. Von dort aus musste es so wirken, als würden die Kinder irgendein seltsames Spiel mit ihren Schläuchen spielen. Vielleicht etwas, das mit Musik zu tun hatte. Hinter dem Container war Kaj bestimmt für niemanden sichtbar.

Er kauerte auf dem Boden wie ein Embryo in der Fruchtblase, und wenn er ein Bein herausstreckte, den Kopf hob oder einen Laut von sich gab, ging das Spiel von vorne los, und die Kinder schlugen ihn wieder zurück in seine Position, und ein Kind fragte das andere nach einem Titel, und ein anderes Kind wusste einen besseren Titel.

Dann spürte Kaj, wie Finger nach seinen Fesseln tasteten.

In diesem Moment verstand er auch, was die Kinder von ihm wollten: Natürlich das Einzige, was er noch besaß.

Er trat nach ihnen, im selben Moment prasselten die Schläuche auf ihn nieder, bis er sich nicht mehr bewegte.

Die Kinder sprachen über den Titel des Sommers, Finger öffneten seine Schnürsenkel und der erste Schuh wurde ihm vom Fuß gezogen.

Kaj kam ein Satz aus einem seiner Bücher in den Sinn: Lerne die Situation, in der du dich befindest, als Ganzes zu betrachten. Er versuchte sich genau vorzustellen, wo jedes der Kinder stand und wie viele es waren. Sie waren ja doch schwächer als er, und wenn er seine Kräfte sammeln, aufspringen und wild um sich schlagen würde, hätten sie wohl kaum eine Chance.

Irgendwann, als sie längst weg waren, wagte er es, die Augen zu öffnen. Er zog sich am Zaun hoch, und als er an sich herunterschaute, war alles wie vorher, kein weiteres Blut, keine weiteren Schrammen, der Schmerz war groß, aber der Schaden, der durch die Schläge mit den Schläuchen entstanden war, erschien ihm gering.

Vom Anblick seiner Füße in den roten Strümpfen mit den Spinnweben war er sogar erleichtert. Denn obwohl der Stoff hauchdünn war, schützte er die Haut doch ein wenig. Niemand würde ernsthaft behaupten können, er sei barfuß.

Kaj saß am Zaun, die Beine von sich gestreckt. Jetzt knallte nur noch die Sonne auf ihn herab. Es fühlte sich an, als würde der Anzug langsam verdampfen, oder als würde in Wahrheit die Haut unter dem Stoff verdampfen, als würde der ganze Anzug sich mit seiner Haut vollsaugen. Er versuchte sich die Kapuze über den Kopf zu ziehen, um nicht so sehr der Sonne ausgesetzt zu sein, aber es gelang ihm nicht. Dann hörte er eine Stimme. Jemand sang und schlug dazu einen Takt, wie auf einem Tamburin, nur härter, als wäre das Tamburin eine Pfanne und die Finger wären Holzlöffel: bängbängbäng!

Ein Pferdchen zog einen Lastwagen, dicke Reifen rollten schwer über den Straßenbelag und weißer Schaum stand auf dem braunen und löchrigen Fell.

Auf dem Dach des Lastwagens saßen drei Männer mit roten Köpfen, und der Schweiß tropfte an ihren nackten Waden herab, die dicken und schmutzigen Füße steckten in Ledersandalen.

Ein Stück hinter dem Lastwagen lief das Mädchen Chang, hüpfte von einem Bein auf das andere, wobei ihr Rock flatterte. Vergnügt schlug es den Holzlöffel gegen die Pfanne. Ihr folgte eine Schar von Kindern, die alle gemeinsam sangen:

Kommt der Kaiser zu dir nach Haus
hol den Knüppel flink heraus
schlag ihn hart
schlag ihn hart

V

Eines Tages brachte der Vater ein Fahrrad als Geschenk mit. Es war ein brandneues Fahrrad mit einem silbernen Rahmen, einem niedrigen, aber langen Sattel, einer Rückenlehne und einem Fuchsschwanz, der daran baumelte. Kaj hatte aufgeschrien und die Faust in die Luft gereckt. Es war eines der wenigen Male, dass Kaj seinen Vater lächeln sah. Gemeinsam machten sie sich auf den Weg in Richtung des Waldes, der nicht weit von der Wohnung entfernt lag. Kaj schob das Fahrrad und erzählte seinem Vater, wie glücklich er sei, und wie neidisch die anderen Kinder sicher auf sein neues Fahrrad wären.

Mein lieber Vater, das ist das größte Geschenk, das du mir machen konntest. Ich werde dir auf ewig dankbar sein!

Sprich nicht so aufgeblasen! Bringt man euch das in der Schule bei? Schau lieber auf die Straße.

Sie erreichten den kreisrunden Waldparkplatz, der knöcheltief mit Kies bedeckt war, und grünliche Baumstämme trennten die Stellplätze voneinander ab.

Kaj war noch nie Fahrrad gefahren, seine Hände am Lenker zitterten. Er schaute erwartungsvoll zum Vater auf, aber der schaute nur genauso zurück, und so standen sie eine ganze Weile mit dem Fahrrad zwischen sich da. Bis der Vater sich das Fahrrad nahm, sein Bein darüber schwang, sich abstieß und wie verrückt in die Pedale zu treten begann.

Das Fahrrad war zu klein für ihn, und es sah sehr lächerlich aus. Es machte Kaj regelrecht Angst, seinen Vater so zu sehen. Noch mehr, als er immer wieder zur Seite zu fallen drohte.

Immer wieder stieß er sich mit seinen langen Beinen vom Boden ab, sodass der Kies aufspritzte, dann wieder trat er wild drauflos, und das Fahrrad fuhr ein Stück, bis er endlich auf der anderen Seite des Platzes angelangt war, dort wendete er das Fahrrad im Stehen und fuhr in Schlangenlinien zurück.

Allmählich wurden die Bahnen gerader und die Bewegungen des Vaters kontrollierter.

Irgendwann bog er in eine Kreisbahn ein und lenkte das Fahrrad nun gemütlich um den Platz, manchmal fuhr er eine Acht und dann wieder im Kreis.

Schließlich kam er auf Kaj zu, bremste, stieg ab und sagte: Jetzt du!

Kaj schwang sich auf den Sattel, sein ganzer Körper bebte. Es war keine Angst, sondern der Wunsch, das Fahrrad zu beherrschen, einfach loszufahren und am Ende der Bahn eine Acht zu beschreiben, die Faust in den Himmel zu recken und so jubelnd seinem Vater entgegenzukommen.

Kaj trat wild in die Pedale, wie er es bei seinem Vater gesehen hatte. Schnell nahm er Geschwindigkeit auf, und sofort rann ihm der Schweiß über das Gesicht. Er merkte, wie das Fahrrad schlingerte, wie die Reifen eine immer tiefere Furche in den Schotter zeichneten und wie der Boden ihm keinen Halt gab. Er ließ den Lenker los, das Rad knallte auf den Boden, und er stürzte mit dem Gesicht voran in den Kies.

Als er sich aufsetzte, waren seine Knie und Hände blutig, und seine Wange brannte. Das Fahrrad lag auf der Seite, und am Ende des Platzes sah er die Gestalt seines Vaters; er rührte sich nicht, und von seiner Zigarette stieg eine dünne Rauchfahne auf.

Schritte klapperten auf ihn zu.

Er hörte Husten, Keuchen und Fluchen, dann auch ein Kichern. Etwas prasselte zu Boden, und es wurde wieder geflucht, dann hörte er eine Weile gar nichts mehr.

Dann setzten das Fluchen und Kichern wieder ein. Diesmal begleitet von einem Stöhnen, als sei jemand erschöpft oder als fühle sich die Betreffende unwohl und krank.

Etwas donnerte metallisch, als ob die Frau gegen den Container gefallen wäre. Es folgte eine Pause, ihr schweres Atmen, das dann in eine Art Jammern überging.

Dann klapperten die Schritte wieder, und ein wenig später spürte Kaj den Schatten der Frau über sich, und es roch herb, nach einer Mischung aus Parfüm, Alkohol und kaltem Zigarettenrauch, als hätte jemand vor ihm die Tür zu einer Bar aufgestoßen.

Ich wette, du hast kein Feuer. Nein, du siehst nicht so aus. Ach, herrje! Und dann fing die Frau an zu kreischen und fuchtelte mit dem Finger vor seinem Gesicht herum. Dich hab ich schon mal gesehen! Ich kenne dich!

Sie knickte ein und fiel über Kaj, der aufstöhnte, als sie über ihn hinwegrollte und ihm dabei die Handtasche ins Gesicht schlug.

Nun saßen sie Schulter an Schulter am Zaun.

Ist dein Freund in der Nähe?

Er erkannte sie nicht sofort, weil sie keine Sonnenbrille aufhatte und ihr Haar offen war, aber dann erinnerte er sich an ihre Stimme.

Nein, ist er nicht.

Das macht mich sehr traurig.

Mich nicht.

Gewagtes Kostüm!

Sie richtete sich ein wenig auf und dabei trafen sich ihre Blicke, dann ließ sie sich gegen den Zaun fallen.

Ihr Gesicht war blass, ihr Haar aschblond mit grauen Strähnen, die Lippen in einem dunklen, fast braunen Ton geschminkt, die Augen schwarz umrandet, und über ihrer Schulter baumelten handtellergroße Ohrringe, die Kaj an Zwiebelringe denken ließen.

Ich fürchte, du bist nicht mein Typ, sagte sie, während sie in der Handtasche kramte. Sonst würde ich dich ja ins Hotel mitnehmen.

Tja.

Ich hatte am ersten Tag eine Glückssträhne, sagte sie, und dann erzählte sie Kaj von den Ereignissen der letzten Tage, von der einmaligen Glückssträhne am Anfang, von den Höhen und Tiefen, die sie durchgemacht hatte, von ihren schlimmsten Fehlern und den bittersten Verlusten. Und am Ende kam sie noch einmal auf ihr Glück zu sprechen, erst beim Einarmigen Banditen, dann beim Blackjack und schließlich am grünen Tisch. Vielleicht sei das Glück ja deshalb gekommen, weil sie ihm eine Zigarette gegeben hatte. Oder wegen seines Freundes, weil er so schön golden in der Sonne gestrahlt hatte. Jede Menge gutes Karma! Ich würde wirklich gern wissen, ob er noch kommen wird.

Nein.

Hast du irgendwo Feuer? Vergiss es! Und sie erhob sich und schrie etwas in Richtung des Strip und pfiff auf ihren Fingern.

Tatsächlich kamen kurz darauf zwei Männer auf sie zu, die beide Shorts und eine Art überdimensionale farbige Zylinder auf den Köpfen trugen.

Ich brauche Feuer! Feuer für meine Zigarette! Los ihr zwei Würste, gebt mir endlich Feuer!

Kaj sah zu, wie einer der beiden unbeholfen ein Feuerzeug aus der Tasche seiner eng anliegenden Shorts kramte, sich dann zu ihr beugte und versuchte, ihr mit zittrigen Fingern die Zigarette anzuzünden.

Sie fuhr ihn wütend an und nahm ihm das Feuerzeug kurzerhand ab. Ihr seht nicht aus wie ernsthafte Raucher! Haut ab! Auf Wiedersehen!

Und tatsächlich gingen sie einfach wieder weg und schienen dabei sogar fröhlicher als vorher zu sein.

Zigarette?

Danke, antwortete Kaj.

Dann rauchten sie eine Weile schweigend.

Weißt du was?! Du siehst aus, als würdest du in den letzten Zügen liegen. Wärst du dein Freund, könntest du mir einen Dienst erweisen, und wir hätten beide was davon. Aber du bist es ja nicht. Du bist du.

Sie richtete sich auf, eine Weile rang sie nach Luft.

Sie wolle ihm trotzdem einen Wunsch erfüllen, sagte sie. Nur einen! Und denk nicht mal dran.

Kaj setzte sich ebenfalls auf und er spürte nun deutlich, dass er noch lange nicht am Ende war, sondern dass er noch immer über genügend Kraft verfügte.

Na los, wünsch dir was!

III.

I

Frau Chang wohnte in einem Haus auf einem Hügel, nicht weit von einer großen Stadt entfernt. Es war ein Haus mit fließendem Wasser, Strom und Zentralheizung. Ein Kiesweg führte von ihrem Haus durch den Garten, und hinter dem Gartentor schlängelte er sich den Hang hinunter und den nächsten Hügel hinauf, bis sich der Weg im Wald verlor, der zwischen ihrem Haus und der großen Stadt lag.

Frau Chang lebte allein, ihr Mann war schon vor einiger Zeit gestorben. Er hatte sein ganzes Leben lang als Verfahrensingenieur in der chemischen Fabrik am anderen Ende der Stadt gearbeitet, genau wie Frau Chang. Sie hatten sich in der Fabrik kennengelernt. Während einer Pause in der Kantine stellte er sich ihr mit einer Verbeugung vor.

Sie bekamen einen Sohn.

Inzwischen lebte ihr Sohn in der Stadt, war verheiratet und hatte zwei eigene Kinder, einen Sohn und eine Tochter, die gerade ein Mathematikstudium begonnen hatte und von zu Hause ausgezogen war.

Manchmal dachte Frau Chang an ihren Mann, wenn sie den Rauch der Fabrik über dem Wald sah. Bei ungünstigem Wind roch es im Garten nach Benzol.

Ihr Sohn besuchte Frau Chang nur selten.

In ihrem Garten hielt Frau Chang Vögel in einer Voliere, und oft stand sie lange davor und betrachtete die Vögel.

Frau Chang hatte die Voliere noch zusammen mit ihrem Mann aus biegsamem Bambus und einem dünnen, aber sehr festen Draht gebaut. Der Bambus gab der Voliere ihre Form, der Draht verhinderte, dass die Vögel davonflogen, ohne Frau

Chang die Sicht auf sie einzuschränken. Die Voliere hatte eine Schublade für den Schmutz und drehbare Einlässe für Wasser und Futter. Das war alles, was es brauchte, um die Vögel auf Lebenszeit zu halten. Wären die Vögel etwas größer, ihre Schnäbel kräftiger, wären sie schlauer, wäre die Voliere ungeeignet. Die Vögel kannten die Voliere nicht, und sie kannten Frau Chang nicht, zumindest nicht so, wie Frau Chang die Vögel kannte. All dies machte Frau Chang auf eine ganz eigene Weise glücklich. Gerne hätte sie mit ihrem Mann vor der Voliere gestanden, wie sie es früher getan hatten. Leider war dies nicht möglich.

Mit einem Seufzer löste sich Frau Chang von dem Anblick und fuhr fort, den Weg zu harken.

Dann fiel ihr in der Ferne, am Waldrand, ein Punkt auf.

Es schien fast so, als ob der Punkt sich auf ihr Haus zubewegte. Frau Chang stützte sich auf die Harke und versuchte zu erkennen, wer oder was das war. Aber die Sonne schien grell, und Frau Changs Augen waren sehr alt. Sie ließ die Harke fallen und rannte ins Haus, um die Brille zu holen. Aber auch die Brille nützte nicht viel. Es blieb nur ein Punkt, der bald hier, bald dort auftauchte und dabei näher kam. Frau Chang war beunruhigt. Nur selten kam jemand diesen Weg entlang, der Postwagen und manchmal der Wagen, der das Futter und den Mulch für die Voliere lieferte. Zu Fuß kam nie jemand. Selbst ihr Sohn fuhr bei seinen seltenen Besuchen mit dem Wagen vor; mit seiner stets ehrerbietigen Frau und dem stets schweigsamen Sohn, der es nie wagte, ihr in die Augen zu blicken.

Was ist das bloß für ein blöder Punkt?!

Gerade überlegte Frau Chang, wo ihr Mann den Feldstecher aufbewahrt hatte, als vor ihren Augen ein Männlein aus dem Punkt erwuchs. Eindeutig trug es braune Stiefel, einen weißen Kragen und eine runde Brille. Einen runden Bauch schob es vor sich her, und der Kopf sprang zwischen den Schultern hin und her, als würde das Männlein schon nach ihr Ausschau halten und sich gleichzeitig in alle Richtungen umsehen. Besonders auffällig aber war der hüpfende Gang.

Es dauerte nicht lange, bis Frau Chang erkannte, wer das Männlein war. Sie rannte zurück ins Haus. Hinter der Tür lag der Knüppel, den sie schon lange für den Fall seines Besuchs bereithielt. Zitternd vor Aufregung erwartete sie ihn am offenen Tor zu ihrem Garten, und nur die Frage, wie groß er sein würde, besorgte sie.

II

Der Fahrer war der größte der drei Jungen, die sich die vordere Sitzbank teilten. In seinen Hinterkopf war ein Rautenmuster rasiert.

Er war der Typ Fahrer, der immer mit nur einer Hand lenkte, als wäre das Lenkrad eine Kurbel an einer Maschine. Sein freier Arm lag über der Rückenlehne, als ob er die beiden neben sich abschirmen wollte. Ab und zu drehte er den Kopf zurück, und immer verstand Kaj kein Wort von dem, was der Fahrer ihm sagte.

Der Junge in der Mitte drehte sich nicht zu ihm um, aber seine Augen füllten den Rückspiegel aus. Ständig waren sie geschlossen, als schliefe er. Was nicht der Fall war. Denn die drei unterhielten sich lebhaft miteinander, trotz der Musik und des Lärms, der durch die heruntergekurbelten Fenster hereinkam. Mitten auf seiner Stirn befand sich ein Fleck, der aussah, als würde dort die ganze Zeit eine Fliege sitzen, aber es war wohl der Knoten des Haarnetzes.

Ganz außen, ganz schmal und eingeklemmt, fast mit dem Rücken zur Tür saß der dritte. Er hielt einen Zahnstocher zwischen den Zähnen, aber es wirkte nicht so, als wäre er es gewohnt, eher als würde er versuchen, es sich gerade anzugewöhnen, vielleicht um kühner zu wirken oder weil er das Rauchen aufgeben wollte. Sein Gesicht war wesentlich blasser als das der anderen, und seine Augen waren schwarz, so als hätte er wochenlang nicht geschlafen oder als wäre er ein ganzes Jahr lang high gewesen.

Zu Hause wären die drei bestenfalls Mofa gefahren. Sie waren sicher drei bis vier Jahre jünger als Kaj, und als sie ihn vorhin aus dem fahrenden Wagen heraus angesprochen hatten, war er erschrocken über die Milchgesichter. Erst als sie ausgestiegen waren, merkte er einmal mehr, dass Gesichter nicht alles waren und das Alter vielleicht nicht so eine große Rolle spielte, wie manche dachten.

Kaj saugte am Strohhalm seines Softdrinks, und das Eis in dem mächtigen Becher kühlte seine Fingerspitzen bis zur Taubheit. Hin und wieder griff er nach der Tüte mit den Pommes neben sich. Wenn etwas zwischen seinen Zähnen knisterte, war es Sand von der Straße.

Der Dachhimmel ähnelte dem Futter eines altmodischen Schmuckkästchens. Die Sitze aus cremefarbenem Leder waren von Schlieren durchzogen wie gebratenes Hühnerfleisch, und es roch stark im ganzen Wagen; eine Mischung aus Vanillin, Rauch, intensivem Männerparfüm und Haarwasser. Der Fahrtwind verstärkte alles, als ob die Gerüche mit einem Föhn in Kajs Gesicht geblasen würden. Trotz allem war es angenehm, gefahren zu werden.

Draußen waren nur noch die letzten Gebäude zu sehen, von dem Prunk der Stadt war nichts mehr übrig. Läden mit Holzschildern statt Leuchtreklamen, geparkte Lastwagen mit staubigen Scheiben, dürre Hunde, die gegen die Reifen pissten, dahinter erhob sich die Steppe und noch dahinter die Berge der Wüste.

Ein Mann mit einem zotteligen grauen Bart und einem Stock, an den Schlangenhäute gebunden waren, winkte ihnen vom Straßenrand aus zu.

Wahrscheinlich winkte er jedem zu. Kaj konnte das gut verstehen.

Immer wieder traf der Wagen auf Schlaglöcher.

In den Türen waren Lautsprecherboxen unterschiedlicher Größe eingelassen, die vibrierten, als wären sie lebendig, als hätte sich in den Plüschwänden eine Kolonie von schwarzen

Pilzen eingenistet. Kaj saß möglichst in der Mitte, um nicht mit den Ellbogen gegen die Membranen zu stoßen. In seinem Rücken schickte ein Bass tiefe Wellen durch ihn hindurch. Vermutlich war der Subwoofer im Kofferraum so groß wie ein Kühlschrank.

Kaj wusste nicht, was für eine Musik da im Wagen gespielt wurde. Es war ein einziges Dröhnen, so, als wären die Fahrt, das Rollen der Reifen, der Wind, das Motorengeräusch in einem einzigen Klang vereint, Milliarden von Sandkörnern, die bei einem Sturm so viel Reibung erzeugten, dass elektrische Spannung entstand und Blitze zuckten, ein Grollen aus den Bergen, so weit und tief, wie eine Wüste nur genannt werden konnte. Den Rhythmus kannte Kaj aus der Fabrik, wo die mächtigen Edelstahlschnecken tagein, tagaus Masse in die unteren Gebäude schoben, um die Arbeiter in Bewegung zu halten. Kaj nahm eine Zeit lang nichts anderes um sich herum wahr, er wippte mit dem Kopf und seine Finger fantasierten Riffs.

Nur zu gerne hätte er den Namen der Band gewusst. Er beugte sich zum Fahrer vor, aber dann ließ ihn etwas zögern. Womöglich würden sie denken, er wolle sich nur bei ihnen einschmeicheln, und es als Schwäche auslegen. Er lehnte sich in den Sitz zurück. Aber der Junge mit dem Haarnetz musste etwas bemerkt haben, denn er stieß den Fahrer an und der wandte sich darauf mit offenem Mund und fragendem Blick Kaj zu.

Wie heißt die Band? Kaj zeigte mit dem Daumen nach oben.

Der Fahrer verzog das Gesicht, lehnte sich noch weiter zurück und streckte ihm das Ohr entgegen, während der Junge mit dem Haarnetz das Lenkrad festhielt.

Die Band! Wie heißt sie?, brüllte Kaj dem Fahrer jetzt so laut und deutlich ins Ohr, dass es auch der Letzte im Wagen verstanden haben musste.

Der Fahrer beriet sich mit seinen Freunden. Jedenfalls sah es für Kaj so aus, dann beugte sich der blasse Junge zu ihm hinüber und rief ihm einen Namen zu, dabei fiel ihm der Zahnstocher hinunter.

Kaj verstand: CHAOS

Danke, sagte Kaj, obwohl er überzeugt war, dass der Name der Band anders lautete. Aber er wollte nicht weiterbohren. Vielleicht hatte er ja doch richtig verstanden und die Band hieß wirklich so.

Kaj wickelte das Tuch von seiner Hand, die Knöchel waren verschorft, er steckte es weg.

Kaj überlegte, ob es möglich wäre, ein wenig zu schlafen. Er schloss die Augen und merkte sofort, dass die Dunkelheit gut für ihn war. Er schlief gerne in Fahrzeugen. Aber dann war er zu aufgeregt, der Wagen und alles um ihn herum waren einfach zu sehr in Bewegung.

Vorn schlugen sie sich im Scherz gegenseitig auf den Hinterkopf oder schrien sich Schimpfwörter zu, meist verschiedene Bezeichnungen für Geschlechtsorgane. Der Wagen rumpelte über Bodenwellen, und Kaj konnte sich nur am Becher festhalten. Er verstand so gut wie nichts von dem, was vorn geschah, aber die Stimmung war gut. Und manchmal lachte er einfach mit.

Er hatte Lust, sich mit ihnen anzufreunden. Ihnen den Softdrink anzubieten, käme sicher nicht gut an. Dann lieber die Pommes. Er beugte sich vor und sammelte sich, um seine Worte deutlich, aber auch lässig genug auszusprechen, etwa: Hat jemand Hunger? oder: Möchte jemand Pommes?, als ihm die Zigarettenschachtel einfiel. Er kramte sie eilig aus der

Hosentasche heraus. Das Feuerzeug steckte noch in der Gesäßtasche. Als er sich nach vorne beugte und es herauszog, nutzte er die Gelegenheit, sich zu erkundigen, ob er im Auto rauchen könne.

Eigentlich kannte er die Antwort schon, denn die silberne Aschenbecherschublade zu seinen Füßen quoll über.

Der Wind blies die Flamme in Richtung des Tabaks, und sofort bildete sich Glut.

Kaj nahm ein paar kräftige Züge, der eigentümliche Geschmack überraschte ihn jetzt nicht mehr, und wie so oft stellte er fest, dass er gerne rauchte, wenn es nichts anderes zu tun gab.

Er reichte die Schachtel nach vorn.

Er brauchte gar nichts zu sagen, erst nahm sich der Fahrer eine Zigarette, dann der Junge neben ihm, und schließlich streckte der blasse Junge die Hand nach einer aus.

Kaj gab ihnen nacheinander Feuer. Er hatte gesehen, dass der Zigarettenanzünder nicht mehr an seinem Platz war. Wahrscheinlich lag er irgendwo in einem Graben.

Ohne Vorwarnung drehte der Fahrer die Musik ab. Jetzt waren nur noch der Wind und der angeschlagene Motor zu hören. Der Fahrer hob die Zigarette zwischen zwei Fingern hoch und wandte ihm sein Gesicht zu.

Menthol?, erkundigte er sich.

Macht den Atem frisch! Es war das Erste, was Kaj eingefallen war.

Das sei eine gute Sache, wenn man vorhabe, jemanden zu küssen, antwortete der Fahrer, ohne die geringste Ironie in der Stimme, steckte die Zigarette zwischen die Lippen und drehte die Musik wieder auf.

Die anderen saugten an den Zigaretten, als nähmen sie an einem Geschmackstest teil.

Kaj glaubte nun, einen Stein bei ihnen im Brett zu haben.

Er hätte nie gedacht, dass es so einfach wäre, sein Ansehen zu steigern. Er hoffte, dass sie jetzt von sich aus ein Gespräch mit ihm beginnen würden; er hätte ihnen gerne mehr über sich erzählt, ein wenig über die letzten Tage, vielleicht würden sie beeindruckt sein.

Nichts geschah. Die Straße führte geradeaus, der Fahrer hatte nichts zu tun, außer ab und zu an seiner Zigarette zu ziehen. Die Augen im Rückspiegel blieben geschlossen. Die Stimmung war völlig abgeflacht. Der blasse Junge ließ seine Hand mit dem Fahrtwind spielen.

Es stimmte natürlich, er sah nicht gerade aus wie sie und er war auch ein wenig älter. Trotzdem waren sie doch die gleiche Art von Menschen. In gewisser Weise hätte er ihnen gerne zu verstehen gegeben, dass er in Wirklichkeit sogar genau wie sie war. Er hatte das Gefühl, nach all dem ein wenig Anerkennung zu verdienen.

In der nächsten Stadt wollte er sich ein Tattoo stechen lassen. Der Pinguin hatte eines auf seinem Unterarm getragen, ein Herzass.

Der Fahrer hatte ein Kreuz auf dem Handrücken, der Junge mit dem Haarnetz eine Schlange im Nacken, und der blasse Junge versteckte sein Tattoo definitiv unter dem T-Shirt.

Ob es wohl cool wäre, sie nach einem Tattoo-Studio zu fragen? Ein Spatz, ein schreiender Spatz, der auf einem Stacheldraht hockt. Das würde zu ihm passen. Nur der Stacheldraht wäre möglicherweise schon zu viel.

Es war auch denkbar, dass sie seine Frage falsch auffassen würden. Sie sollten nicht glauben, er wollte sich über sie lustig machen.

Ob sie auch so viele Gedanken an ihn verschwendeten? Sicherlich nicht, das konnte er sich ja denken. Für sie war er nur ein notwendiges Übel.

Schlagartig wurde er wütend auf sich selbst.

All diese eitlen Gedanken, seine Anbiederung; das war doch genau der Punkt, an dem sie sich unterschieden!

Er hasste sich für seine Erbärmlichkeit und betrachtete sich als Idiot, er wollte seine Stirn gegen etwas schlagen, aber vor ihm war die Lehne, das hätte seltsam ausgesehen.

Der Softdrink war jetzt warm und klebrig, die Pommes kalt und nass. Am liebsten hätte er alles aus dem Fenster geworfen, aber die hinteren Fenster ließen sich nicht öffnen.

Wenigstens sah Kaj keine Kurbeln an den Türen.

Kaj wandte dem Fahrer den Rücken zu, während er die Scheine zählte, die er für die Fahrt schuldete. Der Fahrer sollte nicht sehen, wie viel Geld in der Brieftasche war.

Kaj reichte ihm zwei große Scheine. Der Fahrer riss sie ihm buchstäblich aus der Hand und lief dann zurück zur Zapfsäule, wo der Junge mit dem Haarnetz das Auto betankte und dabei für Kaj aussah wie ein Torero, der den halbtoten Stier am Horn festhielt.

Der bleiche Junge hing mit auf den Arm gestütztem Kinn aus dem Autofenster.

Während Kaj sich eine Zigarette anzündete, fragte er sich, ob sie wirklich nur dank ihm an die Küste gelangten oder ob sie selbst genug Geld gehabt hätten, um die Tankfüllung zu bezahlen.

Die Luft über dem Boden flirrte, und von den Tankstutzen breitete sich regenbogenfarbener Dunst über dem Boden aus.

Was würde passieren, wenn er jetzt die Glut hineinfallen ließe?

Der Fahrer, der beim Gehen mit dem Boden zu verschmelzen schien, fragte die beiden anderen, ob er ihnen etwas bringen könne.

Der Junge an der Zapfsäule wollte Kaffee, der andere hob zustimmend die Hand.

Ich nehme auch einen, rief Kaj dem Fahrer über den Platz zu, der aber nicht reagierte. Kaj schnippte die Zigarette in Richtung Straße und lief ihm nach.

Die Luft war so heiß, dass man einen Widerstand spürte, wenn man hindurchging.

Hey! Für mich auch!

Jetzt hatte der Fahrer ihn gehört, aber wahrscheinlich immer noch nicht verstanden, denn er blieb nur kurz stehen und gab Kaj zu verstehen, dass es für ihn kein Problem sei, wenn er sich selbst auch etwas von der Tankstelle holte.

Danke!

Kaj trottete nun beherrschter hinterher, als ob er aus eigenen Stücken ginge.

Der Boden war mit Glasscherben übersät, es knirschte unter den Schuhsohlen, als ob er über Kieselsteine laufen würde. Die paar Millimeter Gummi machten den Unterschied aus.

Vor dem Eingang stand ein Wagen, dessen Motor die ganze Zeit lief, ohne dass jemand im Wagen saß.

Die Türglocke ertönte. Die Luft war himmlisch kühl. In der Mitte des Raumes strahlte ein Turm aus Wasserkanistern blau wie ein schmelzender Eisberg. Aus den Lautsprechern in den Ecken sang die rauchige Stimme einer Frau von Blackjack an einem Samstagabend.

Der Fahrer machte Smalltalk mit dem Kassierer; sie tauschten Banalitäten über die Hitze und den Verkehr aus.

Der Kassierer mit den blonden Spaghettihaaren und dem fettigen rosa Tanktop sprach von Ratten und meinte die Fahrzeuge, die bei ihm zum Tanken anhielten. Der Fahrer erzählte etwas über den brennenden Kaiser, der über allem stand. Der Kassierer wiederum redete von nassen Fellen, die sich selten in seinen Laden verirrten, und der Fahrer wünschte ihm viele Lutscher zum Abendbrot.

Kaj holte sich eine Cola mit Kirschgeschmack aus der Kühlbox.

Aus dem Gang, der zu den Toiletten führte, kam ein verschwitzter, rotköpfiger Mann gerannt, der noch sein Hemd in die Hose stopfte, durch die Tür stürmte, sich dann in das Auto zwängte und mit Vollgas davonjagte.

Niemand außer Kaj schien davon Notiz zu nehmen.

Kaj stellte sich hinter dem Fahrer an, vor dem der Kassierer drei Kaffeebecher aufstellte. Gerade fragte Kaj sich, ob der Fahrer ihn bitten würde, ihm beim Tragen zu helfen, als der Kassierer auch einen Karton für die Becher auf den Tresen stellte.

Während Kaj auf das Wechselgeld für die Cola wartete und das Grillhähnchen betrachtete, das sich am Spieß drehte und dem bereits eine Keule fehlte, musste er an eine seltsame Weisheit denken, die ihm sein Vater einmal mitgeteilt hatte.

Zu dieser Zeit gab es ein Katzenproblem im Block. Eine Nachbarin, eine alte Frau, hielt zwei Katzen, die nicht sterilisiert waren und deshalb in regelmäßigen Abständen Jungtiere bekamen, die sich dann im Hinterhof herumtrieben, schrien und allmählich verhungerten. Die Kätzchen lagen mal bei den Mülleimern, mal in den Blumenbeeten, und manchmal schafften sie es bis ins Treppenhaus und verendeten dort. Irgendwann fing der Vater an, die noch lebendigen Kätzchen einzusammeln, sobald er sie sah, sie in einen Sack zu stecken und dann den Sack gegen eine Wand zu schlagen, bis sie tot waren. Kaj fand das grausam und weigerte sich, dem Vater zu helfen. Sein Vater erklärte ihm jedoch, dass genau diese Weigerung Kajs die eigentliche Grausamkeit sei, dass er mindestens so grausam wie die Alte wäre, die ihre Katzen nicht sterilisieren lassen wollte. Er sagte ihm, dass es notwendig sei, die Kätzchen zu töten, und alles, was notwendig sei, könne nicht grausam sein. Grausamkeit hingegen zeichne sich gerade dadurch aus, dass sie unnötig sei. Und weiter erklärte der Vater, dass es überhaupt nicht schwierig sei, etwas zu töten. Es sei geradezu die einfachste Sache der Welt.

Sonst noch was? Etwas zu essen? Zigaretten? Der Kassierer schniefte und wischte sich über die Nase, während er auf die Antwort wartete.

Kalt hier, sagte Kaj.

Zu kalt für dich?

Überhaupt nicht, genau richtig.

Der Kassierer grinste hohl.

Er schien nur darauf zu warten, endlich wieder allein zu sein, um weiter in dem *Hustler*-Magazin zu blättern, das offen vor ihm lag.

Kaj legte das Geld auf den Tresen.

Als der Kassierer sich die Münzen in die Hand wischte, schoss Kaj der Gedanke durch den Kopf, dass die anderen ihn zurückgelassen haben könnten.

Das Auto war vollgetankt, und der Fahrer saß bereits wieder am Steuer. Der blasse Junge schien endlich eingeschlafen zu sein, sein Arm hing aus dem Fenster, sein Kopf lag auf der Schulter. Als Kaj die Tür am Riemen hinter sich zuzog, bemerkte er im Rückspiegel die blauen, stechenden Augen des Jungen mit dem Haarnetz, die ihn anblickten.

Der Motor heulte auf, und die Räder drehten durch. Der Fahrer trieb den Wagen in einer engen und unnötigen Schleife über den Platz, während er sich mit der freien Hand den Kaffeebecher an den Mund hielt.

Steine und Sand schlugen von allen Seiten auf die Karosserie ein, dazu ertönte der Klang elektrischer Gitarren, gespielt unter Dünen in antiken Katakomben.

Er hätte nicht wieder einsteigen dürfen. Hatte er denn überhaupt nichts aus allem gelernt? Bei der nächsten Gelegenheit würden sie ihn barfuß und in Unterhosen in die Wüste schicken. Manche Dinge sind so klar, da muss man nicht einmal mehr drauf scheißen!

Wieder hatte er sich lieber etwas vorgemacht und sich bereits als den großen Renegaten gesehen. Wieder dieser Grundfehler eines Haustiers, sich für einen Kojoten zu halten, nur weil man einmal zugebissen hat.

Warum sprachen die drei nicht mit ihm, warum beachteten sie ihn nicht. Die Tankstelle war seine letzte Gelegenheit gewesen, und er hatte sie verstreichen lassen. Warum fuhren sie herum und suchten nach Trampern, die bereit waren, ihnen die Tankfüllung zu bezahlen. Doch nur, weil das sicherstellte, dass es eine Beute zu machen gab und der Tramper ein Idiot war. Er war freiwillig in seinen Käfig geklettert.

Wie hieß es doch so schön: Wenn du jemanden liebst, lass ihn gehen, wenn er freiwillig zurückkommt, liebt er dich und bleibt für immer. Wenn das zutraf, liebte er nichts mehr, als das Opfer von allen zu sein.

Wenn sein Vater ihn jetzt sehen würde! Er würde den Dreien noch Recht geben, ihn auszunehmen. Er hätte gut daran getan, ihn als Kind in einen Sack zu stecken und an die Wand zu knallen.

Kaj krallte sich mit beiden Händen in den Sitz, ihm war übel von seiner eigenen Dummheit. Wie viele mögen hier an seiner Stelle gesessen haben und nun irgendwo im Sand vergraben liegen?

Er konnte versuchen, nach vorne zu klettern und nach dem Lenkrad des Fahrers zu greifen. Wahrscheinlich rechneten sie schon die ganze Zeit damit. Es konnte gut sein, dass die Art und Weise, wie sie dort saßen, nicht zufällig war, sondern eine lang erprobte Anordnung darstellte, um jederzeit tun zu können, was getan werden musste.

Kaj kratzte sich unter dem Hemd an der Brust. Er hatte den Anzug doch gar nicht mehr an. Aber irgendwie war er doch noch da. Das Rot, das Blau, die Netze. Als hätte seine Haut alles aufgesaugt. Und den Geruch von Formaldehyd hatte er auch noch in der Nase.

Ich muss mal!

Sie drehten sich fast gleichzeitig um und der Fahrer sofort wieder nach vorne, um die Musik abzustellen. Dann versuchten sie Kaj zu erklären, dass das nicht sein könne. Sie seien doch gerade an der Tankstelle gewesen. Hätte er das nicht fünf Minuten früher merken können?! Jetzt waren sie mitten in der heißesten Zone, was, wenn der Wagen nicht mehr ansprang! Konnte er nicht noch eine Weile aushalten?!

Ich mach mir gleich in die Hose!

Der Fahrer schüttelte den Kopf, und Kaj spürte bereits, wie er den Fuß vom Pedal nahm.

Jetzt brauchte er nur noch ein wenig Glück. Eine geeignete Stelle. Am besten felsig, damit er schnell ein Versteck finden konnte. Das Schlimmste wäre eine freie Ebene. Doch er ahnte schon, dass sie instinktiv nur dort anhalten würden, wo es auch etwas zum Gegenpissen gab.

Der Wagen fuhr von der Straße ab, Sand wirbelte durch die Scheiben, Steine schlugen an den Unterboden.

Der bleiche Junge sprang heraus und hielt Kaj die Tür auf.

Kaj beeilte sich nicht, sondern versuchte sich einen Überblick zu verschaffen.

Sie befanden sich auf einem mit Steinen übersäten Platz, von dem aus Wege in die steil aufragenden Felsen führten.

Der Fahrer und der Junge mit dem Haarnetz stiegen ebenfalls aus.

Kaj schritt so ruhig wie möglich auf die Felswände zu. Kein Windhauch war zu spüren, der Boden knirschte und sein Herz klopfte: patapatampatapatam!

Als er den ersten Felsen erreicht hatte, zitterte er am ganzen Körper. Er musste jetzt daran vorbeigehen, ohne schneller zu werden. Einfach so tun, als ob er sich einen besseren Platz suchen wollte. Auf keinen Fall sich nach ihnen umsehen. Er wusste schließlich, dass sie ihn die ganze Zeit beobachteten. Wahrscheinlich waren sie ihm sogar gefolgt, zumindest war ihm einer von ihnen bestimmt auf den Fersen. Er hörte niemanden hinter sich, aber das bedeutete wenig.

Als er um den Felsen herumging, sah er für einen Moment den Wagen. Da standen sie und taten nichts.

Wie sicher mussten sie sich sein! Wie wenig trauten sie ihm zu!

Jetzt war er außer Sichtweite und konnte schneller laufen. Er duckte sich unter einen Felsen.

Zwischen ihnen lag jetzt tonnenweise Gestein.

Er begann zu rennen, und je weiter er sich entfernte, desto schneller wurde er, und schließlich rannte er atemlos in einem roten Labyrinth seiner Freiheit entgegen.

Es kam darauf an, für wie wertvoll sie ihn hielten. Sie wussten ja, dass er sich nicht in Luft auflösen konnte. Irgendwo musste er sein. Er war sich nicht sicher, wie gut sie seine Spuren verfolgen konnten. Natürlich wären seine Fußabdrücke im Sand ein leichtes Spiel. Deshalb war er auch über Felsen geklettert. Sie waren zu dritt, und sie kannten solche Situationen und hatten Pläne für sie. Er glaubte, sie rufen zu hören, aber es konnte auch einer der großen Vögel sein, die immer über der Ebene kreisten. Kaj lag unter einem Felsvorsprung, der Spalt war so schmal, dass es ihm vorkam, als verstecke er sich unter dem Bett.

Manchmal hörte er ein knackendes Geräusch, das von dem Felsen ausging. Ab und zu war es, als ob ein Stein auf einen anderen Stein aufschlug, und es entstand ein Echo.

Irgendwann meinte er den Motor des Wagens zu hören und die Reifen, die sich in den Sand fraßen.

Das konnte ein Trick sein.

Sogar ein naheliegender Trick. Sie wussten natürlich, dass er sich versteckte und darauf wartete, dass sie wegfuhren. Sie wussten, er hatte nichts zu trinken mitgenommen. Er konnte also auch nicht weiter in die Wüste gehen, wenn er sich nicht gerade umbringen wollte. Seine einzige Möglichkeit war zu warten, bis sie weg waren, dann zur Straße zurückzukehren und nach einem anderen Wagen Ausschau zu halten.

Entweder brauchten sie also nur genug Geduld oder sie lockten ihn mit dem Trick heraus, dass sie aufgaben und wegfuhren.

Vielleicht war der Fahrer auch wirklich weggefahren, hatte noch eine Runde zur Tankstelle gedreht, um mit dem Kassierer zu plaudern.

Und die anderen beiden saßen im Schatten eines Felsens und schlugen zu, sobald er sich zeigen würde.

Er musste abwarten. Vielleicht sogar bis zur Nacht warten. Er sollte schlafen.

Ob Michelle glücklich war?

Sicherlich war sie das. Sie gönnte sich gerade ein Glas Champagner von einer Champagnerglaspyramide.

Oder vielleicht auch nicht und sie lag auf einem King-Size-Wasserbett unter einem rotgesichtigen und schwitzenden Fettsack.

Léon hätte nicht so eitel sein dürfen. Nur ein wenig Geduld und sie wäre auch bei ihm gelandet.

Ein paar Ameisen marschierten direkt vor seinen Augen.

III

Kaj klopfte sich den Staub von den Händen. Er hatte die letzten paar Meter klettern müssen. Ansonsten war es leichter gewesen als gedacht.

Er lehnte sich über den Abgrund.

Über die Ebene zog sich die Straße als heller Faden. Auf dem Platz unter ihm war niemand zu sehen. Sie waren tatsächlich verschwunden.

Bald würde er wieder trinken müssen, ein wenig Zeit blieb ihm noch. Während des Aufstiegs hatte er darauf geachtet, im Schatten zu bleiben. Sein Mund war trocken, aber sonst fühlte er sich gut. Vielleicht gewöhnte sich sein Körper auch langsam an die Hitze.

Am Horizont erstreckten sich die Berge. Dahinter lag die Stadt, in der er sein Glück gesucht hatte. Aber war er überhaupt auf der Suche danach gewesen oder hatte er sich dort nur ausruhen wollen?

Er setzte sich auf den Felsvorsprung, der einem Thron aus rotem Gestein ähnelte. Die großen Vögel kreisten immer noch über ihm, wie Flugzeuge, die auf ihre Landeerlaubnis warteten, und ein blasser Mond stand der Sonne gegenüber.

In der Wüstenstadt war er niemandem begegnet, der sich auch nur annähernd so sehr aufgegeben hatte wie er selbst. Die ganze Zeit über hatte er geglaubt, er sei dort unter wilde Tiere geworfen. Die Bewohner der Stadt waren aber einfach Menschen, und er war es nicht. Er war wirklich ein Haustier, und er war das Haustier der Menschen.

In einer Senke nicht weit von der Straße lag das Wrack eines Wagens. Die Windschutzscheibe blitzte in der Sonne, so hell, dass Kaj sie kaum ansehen konnte, ohne dass ihm bunte Flecken vor den Augen tanzten. Der Lack war derselbe und auch das Modell war dasselbe wie bei dem Wagen, den Léon an der Küste gekauft hatte. Scheinbar hatte der Motor doch ein größeres Problem. Es konnte ein Zufall sein. Drauf gespuckt!

In der Ferne bewegte sich eine Kolonne von Lastwagen auf die Stadt zu, Fahnen aus Sand hinter sich herziehend, und einige Wagen fuhren in die entgegengesetzte Richtung von dort weg.

Natürlich könnte er an der Straße den Daumen rausstrecken und versuchen, so schnell wie möglich an die Küste zu gelangen; nach all dem wäre er immer noch in der Lage, einfach nach Hause zurückzukehren. Im Grunde hatte sich ja nichts geändert, nichts von dem, was hier geschehen war, würde ihm je wieder begegnen.

Er konnte auch zurückkehren in die Stadt, jetzt, da er wusste, wie alles lief, und das Spiel mitspielen, wie ein richtiger Mensch.

Kaj wischte sich den Mund ab, und ein Hauch von Blut blieb auf dem Handrücken zurück.

Eine halbe Stunde Abstieg lag vor ihm.

Was war nur mit ihm los? Tagein, tagaus schlafwandelte er zur Fabrik, stieg in der Umkleide in sein Kostüm, schritt wie im Traum durch die Hallen und träumte sich aus den Hallen heraus in seine Traumwelt, ohne sich auch nur eine Sekunde dagegen aufzulehnen. Sein Fuß stieß gegen den Sack, die Masse fiel nach, der Sack wurde von ihm abgenommen und auf die Palette gehievt, der Hubwagen holte die Palette ab, die Vorarbeiter überwachten alles von den Glaskabinen aus, in den Büros wurden die Zahlen ermessen, sein Lohn wurde überwiesen, jemand plante die Fabrik, jemand holte die Ware ab, jemand investierte den Gewinn, saß mit der Familie am Tisch, und die Kinder ritten auf Ponys, malten Bilder, schrieben Gedichte oder Artikel für Zeitungen und engagierten sich politisch. Wie lange wollte er noch mit dem Fuß gegen den Sack stoßen?

Als er aufstand, schwankte er und Sand rieselte von der Felskante in die Schlucht: srrsrrsrrr.

Seine Muskeln zuckten und die Beine versagten ihm den Dienst.

Dann bemerkte Kaj in der Ferne einen Punkt.

Meinem Bruder gewidmet

Leon und Kaj könnten nicht unterschiedlicher sein: Leon ist mit allen Privilegien ausgestattet, alles scheint ihm zuzufliegen; Kaj, der wie sein Freund die Freiheit sucht, muss sich alles selbst erarbeiten. Kennengelernt haben sie sich in einer Fabrik, gemeinsam brechen sie auf eine Reise auf, um dem Alltag zu entfliehen. In einer Wüstenstadt, einer Art pervertiertem Las Vegas, angekommen, verschwindet Leon und Kaj taucht tief in eine absurde und grausame Welt ein, in der die Beziehungen der Menschen untereinander ausschließlich von Abhängigkeiten geprägt sind. Schließlich wird Kaj zu Spiderman, aber nicht als gebrochener Held, sondern als eine kostümierte Figur am Straßenrand, die Flugblätter verteilt, um ganz banal am Leben zu bleiben.

Im Mittelpunkt des Romans steht die Legende des Spatzenkaisers, der sich am chinesischen Volk für die Vernichtung aller Spatzen unter der Herrschaft Maos rächen will. Thomas Podhostnik nutzt in seinem vierten Buch moderne Mythen, von Comic-Verfilmungen bis zu Netflix-Serien, gleichsam als Folie für die Bühne, auf der sich ein scheinbar unwichtiges Drama abspielt: der Untergang eines Individuums, das mit seinen Wünschen, Träumen und Ängsten wie ein entbehrliches Insekt erscheint. Podhostniks Sprache ist rau und seinen Figuren körperlich nahe, er schildert eindrücklich, wie das Prinzip toxischer Männlichkeit funktioniert und wie die Starken die Schwachen in dieser Welt behandeln.

THOMAS PODHOSTNIK, * 1972 in Radolfzell am Bodensee als Sohn jugoslawischer Gastarbeiter geboren. Er machte eine Lehre zum Speditionskaufmann, dann eine Ausbildung zum Regieassistenten am Teatro Nacional de Cuba und studierte am Deutschen Literaturinstitut in Leipzig. Thomas Podhostnik verfasst Prosa und experimentelle Prosa, die in Einzeltiteln, Anthologien und Literaturzeitschriften veröffentlicht wurden. Er lebt in Leipzig.

podhostnik.de

<u>Bei Luftschacht erschienen:</u>
Der Spatzenkaiser (Roman, 2023)
Der falsche Deutsche (Roman, 2015)
Die Hand erzählt vom Daumen (Roman, 2011)
Der gezeichnete Hund (Roman, 2008)

luftschacht.com

1. Auflage März 2023

Umschlaggestaltung: Nele Brönner – *nelebroenner.com*
Lektorat: Teresa Profanter
Satz: Paul Frenzel
Gesetzt aus der Metric und der Noe.
Druck und Herstellung: Finidr s.r.o.
Papier: Holmen Book Cream 80 g/m^2, Geltex glatt 115 g/m^2

ISBN: 978-3-903422-23-0
ISBN E-Book: 978-3-903422-24-7

FSC www.fsc.org
MIX
Papier aus verantwortungsvollen Quellen
FSC® C014138